Gilles Paris

L'Été des lucioles

Roman

LE GRAND LIVRE DU MOIS

ISBN 978-2-286-10766-6

À Laurent C.

J'ai deux mamans et un papa qui ne veut pas grandir.

Je tourne le stylo entre mes doigts et regarde le mur comme un miroir. Avec ma main gauche, j'aplatis ma mèche blonde. Je m'applique sur mon cahier à spirale. Ce que je m'apprête à raconter est difficile à croire pour maman qui sera la première à lire mon livre. Pourtant tout est vrai. Je n'ai pas besoin d'inventer quoi que ce soit, ou même de mentir, pour expliquer ce que la baronne a appelé « la magie des lucioles ». Tout s'est passé pendant mes vacances.

J'ai écrit sur la couverture, au feutre noir et bien baveux, le titre de mon roman : *L'Été des lucioles.*

POUR COMMENCER, j'ai neuf ans. Je m'appelle Victor Beauregard.

À l'école Saint-Louis, à Bourg-en-Bresse, les méchants m'appellent Vilain Nez. C'est nul, car j'ai un joli nez en trompette comme celui de maman. Le prof de français, lui, dit monsieur Beauregard. Les gentils, eux, se contentent de Victor. Alicia, papa et maman aussi.

Mes parents se sont séparés deux ans après ma naissance. Et je n'y suis pour rien. Ils ne s'aimaient plus comme avant. C'est eux qui le disent.

François, mon papa, est photographe et travaille pour des guides touristiques. Il fait rentrer dans son appareil des lacs, des forêts, des villages, des montagnes, des couchers de soleil, mais jamais d'humains, à part Alicia et moi. Et maman, mais c'était bien avant la naissance d'Alicia, ma grande sœur. Et je n'en ai pas de plus petite. Tant mieux, parce que les filles c'est compliqué. Ça joue à la poupée, et ça pleure pour un rien. Alicia a quatorze ans et, en dehors des photos de papa qu'elle a encadrées au-dessus de son lit, elle ne s'intéresse qu'aux garçons. Des fois, même, elle disparaît plusieurs jours avec, et maman devient « folle d'inquiétude ». Elle est incapable de rester assise et passe d'une pièce à l'autre, comme si ses pas mesuraient les mètres carrés de notre appartement à Bourg-en-Bresse. Mais Alicia revient toujours. À chaque fois, elle dit : « Ce n'est pas le bon. » Et elle s'enferme dans sa chambre. En bas, j'entends claquer sa porte comme une gifle. Maman court la rejoindre et moi je regarde un truc idiot à la télévision avec Pilar ou je joue avec ma tortue Katouta que je renverse sur le dos.

Maman est libraire. Elle écrit des petits mots tout en fluo pour les livres qu'elle a aimés, un Post-it jaune qu'elle colle sur la couverture pour attirer le regard du client. Maman tient aussi un blog où elle raconte l'histoire des livres, avec le prix, le nombre de pages et un mot pour les définir. C'est souvent « humain » ou « passionnant ». Et elle y annonce, un mois avant, les signatures des écrivains qu'elle va chercher à la gare tous les samedis. C'est simple, maman lit tout le temps, sauf sous la douche ou quand elle dort. Comme elle en lit plusieurs en même temps, il y a au sol, du côté de son lit, des piles de livres d'où s'échappent les marque-pages de sa librairie.

Sur la table de la cuisine, le petit déjeuner est toujours prêt, et maman tend la joue pour le baiser du matin, sans lâcher le livre qu'elle tient déjà dans une main, lunettes basses sur son nez en trompette. L'autre prend des notes sur un petit bristol qu'elle utilise pour son blog ou ses clients. Pilar ne boit jamais son thé au lait avec nous. Elle peint ses paysages d'enfance, là-bas, très loin, en Argentine, dans la chambre-atelier.

Pilar, ma deuxième maman, est arrivée un an après le départ de papa. Elle nous a plu à Alicia et moi, au début à cause de son drôle de prénom que j'avais du mal à prononcer, même que j'ai fait rire maman et Alicia, un jour, en l'appelant Pinard. Surtout Alicia qui, parfois, en boit un verre et maman plusieurs. Mais surtout parce qu'elle est douce avec nous, et fait toujours très attention à maman, qui lui a offert *La Rose profonde* de Jorge Luis Borges, le jour où elles se sont rencontrées pour la première fois à la librairie. Le matin, maman avait collé une affiche de l'exposition sur la porte de sa librairie, sans rien connaître de la peintre. Pilar est entrée par curiosité dans la librairie, elle en est sortie amoureuse de maman.

Amoureuse, ça veut dire que le cœur s'affole pour une autre personne et que tout le sang monte à la tête. C'est Alicia qui le dit. Le reste du temps, le cœur bat lentement, et personne ne l'entend.

Le petit déjeuner prêt dans la cuisine, les courses et les cigarettes, c'est Pilar. Des Vogue aussi fines qu'une tige de pâquerette qu'elles fument toutes les deux. Même que Pilar allume toujours la cigarette de maman avant de la lui passer. Maman m'a dit qu'elles formaient chacune la moitié d'un fruit magique. Si l'une ou l'autre doit s'absenter, il faut attendre son retour pour en savourer le goût. Maman sans Pilar n'est qu'une simple moitié de pomme. Peut-être, mais la plus belle des deux. Maman est blonde, avec une coupe au carré et des yeux noisette; Pilar, brune, avec de longs cheveux qui lui tiennent trop chaud l'été, et un regard aussi vert que les petits pois. Pilar aime souvent déposer des cadeaux sous nos oreillers et on doit attendre longtemps pour la remercier, car il est rare de voir ma deuxième maman de bon matin. Et Pilar fait semblant de ne se souvenir de rien quand on l'embrasse le soir en la remerciant.

PAPA ET MAMAN sont toujours mariés et ils m'ont dit qu'ils ne voulaient pas divorcer l'un de l'autre. À l'école Saint-Louis, j'ai des tas de copains avec des parents divorcés qui ont deux maisons. L'été, ils partent en vacances à la mer ET à la montagne. Damien, le premier de la classe, dit : « Ça craint » parce qu'il déteste partir à la montagne avec son papa. Tout ça à cause du sac à dos, plus lourd que celui de l'école, qu'il faut porter toute la journée en grimpant sur des sentiers pleins de cailloux avant de les redescendre souvent sur les fesses. Au moins ses parents ne se disputent plus, sauf au téléphone et plusieurs fois par jour. Ils ne sont jamais d'accord sur rien et se raccrochent au nez avec des mots que Damien ne doit pas apprendre par cœur.

Rien à voir avec papa et maman.

Un jour où Alicia s'était enfuie, maman m'a dit qu'elle aimait encore papa mais que les mots ne venaient pas aussi facilement que les Post-it qu'elle écrivait sur les livres.

« Ton père refuse de grandir ; il ne payait jamais les factures, laissait les huissiers prendre nos meubles et il me regardait avec ses yeux de chiot en jurant sur vos têtes qu'il allait changer. Et je suis sûre qu'il le pensait sincèrement à ce moment-là. Mais c'est plus fort que lui, il continuait d'entasser des enveloppes fermées qu'il n'ouvrait jamais, dans un grand sac caché au fond d'un placard. Si je l'avais écouté, vous n'auriez plus de têtes depuis longtemps. »

Un jour où papa me photographiait au parc de Bouvent à Bourg-en-Bresse, il s'est assis dans l'herbe et m'a tendu les bras, puis il m'a serré fort contre lui avec son odeur de papa poivré.

« J'aime ta maman, mon petit Victor, même si nous n'habitons plus ensemble. Parfois je m'en veux d'être comme ça, tu sais, quand j'ouvre un crédit pour m'acheter une voiture avec des échéances que je ne règle pas. Alors on me reprend la voiture et je me dis que je paierai tout un jour, mais ce jour ne vient pas. De toute façon, depuis que j'habite à Paris, je n'en ai plus besoin. »

Papa ne nous parle jamais de Pilar. Elle est entrée dans nos vies comme dans la sienne. Alicia a dit : « De toute façon papa n'a pas trop le choix, il fallait bien qu'un adulte veille enfin sur maman. »

Et puis j'aime bien les caresses de Pilar sur le front ou la joue, aussi douces que l'oreiller en plumes où s'enfonce ma tête. Et ses peintures géantes où Pilar, un peu comme papa avec ses photographies, ne fait jamais apparaître d'humains.

À l'école, je dis que j'ai deux mamans et un papa. Damien me regarde comme si j'avais bu la bière de son papa divorcé, celle qu'il avale l'été au chalet avant de s'endormir tout habillé. M. Petitbus, le professeur de gym, dit que mon papa a une sacrée chance. Les méchants ricanent dans mon dos. Si je n'avais pas neuf ans, je les aurais tués. Pour de faux, je l'ai fait dans ma tête et il ne restait même pas un os quand la cloche a sonné.

J'AVAIS QUATRE ANS quand papa a gagné un appartement à côté de Nice, à Roquebrune-Cap-Martin. Et ce n'est pas en jouant au loto, même si papa y joue tous les samedis. Et aussi à l'Euro Millions, les vendredis. Un jour où j'étais chez papa, je l'ai vu regarder les résultats en priant pour que personne ne gagne, parce qu'il avait oublié de jouer. Même que ça énerve maman qui n'y joue jamais et dit que « l'argent ne tombe pas du ciel, comme ça ». Pourtant, c'est bien ce qui s'est passé. Le loto en question, c'est Félicité, la sœur de papa que maman n'aime pas du tout. Alicia se souvient seulement de ses baisers qui laissaient du rouge sur ses joues. Moi je suis né trois ans après son accident. C'est Alicia qui m'a tout raconté. Félicité a raté un virage sur la route entre Roquebrune-Cap-Martin et Villefranche, et sa décapotable a rebondi d'arbre en rocher jusqu'à la mer qui a tout avalé. Un jour papa a reçu une lettre qui a bien failli se perdre au fond du placard. Heureusement maman la lui a arrachée des mains, puis ouverte. Papa héritait de sa sœur un appartement de quatre pièces au bord de la mer, « dans une belle résidence », a répété maman avec l'air gourmand que j'ai devant un cornet de glace. Papa est devenu aussi blanc qu'un tee-shirt. Il a dit : « Je ne retournerai jamais à Roquebrune-Cap-Martin. » Et quand je demande à maman pourquoi elle n'aime pas Félicité, elle me répond : « Ce n'est pas une bonne personne. » J'insiste. Maman hausse les épaules et ajoute : « Tu es trop petit, mon chéri. »

Trop petit pour quoi ?

Pour comprendre que la dame en question ne plaît pas à maman ?

Et depuis cinq étés, nous partons tous les quatre, maman, Pilar, Alicia et moi, en vacances là où papa ne nous rejoint jamais, dans l'appartement d'une mauvaise personne. La « belle résidence » ressemble à un immense gâteau de crème et meringue, avec un toit en coulis de fraise. Les volets sont gris et les fenêtres de ma chambre ouvrent sur une terrasse avec la mer immense tout en bas. Maman n'aime pas que je m'y baigne seul à cause des grandes vagues blanches qui frappent les rochers comme des mains géantes quand il y a du vent. Pour lui faire plaisir je vais plutôt à la piscine de la résidence pleine d'eau de mer, mais sans les vagues. J'adore nager. À Bourg-en-Bresse, je prends deux fois par semaine des cours à la piscine du Carré d'eau. M. Julien, mon prof de natation, m'apprend le crawl et les gros mots. Pour les gros mots, M. Julien ne le fait pas exprès, mais il surveille toute la piscine et des fois c'est la seule façon pour lui de se faire entendre. Maman dit que la mer n'a rien à voir avec une piscine, qu'elle peut être dangereuse, à cause des courants qui entraînent vers le fond, et qu'en colère, elle peut emporter avec elle les hommes et les voiliers. Des fois, maman regarde trop de films. Et pourquoi pas les requins des *Dents de la mer* pendant qu'on y est ! Depuis neuf ans, je n'ai jamais vu un bateau couler, ni une personne se noyer, ici, à Roquebrune. Juste Alicia se cogner le genou en remontant l'échelle, et moi m'écorcher l'orteil du pouce sur un rocher, même que j'ai eu le droit à un beau sparadrap, alors que ma sœur a pleuré en disant que plus un garçon ne s'intéresserait à elle à cause de son bobo de rien du tout.

ALICIA EST CONTENTE. Tout l'été, elle porte un short qui tient dans ma poche et un tee-shirt qui a dû rétrécir au lavage et lui arrive sous les nichons. Maman dit qu'ils ont poussé depuis l'été dernier, et Alicia regarde le ciel en soupirant : « N'importe quoi. » Au bord de la piscine, elle marche un pas devant l'autre comme si elle se brûlait le dessous des pieds. Derrière ses lunettes noires, sur le bout de son nez, apparaissent ses yeux bleus sans nuages qui cherchent les garçons, comme un phare balaye sa lumière. Elle s'approche de Lorenzo, le fils de la gardienne. Avec sa maman, il file droit. Avec les filles, j'ai l'impression qu'il zigzague. L'été dernier, Alicia et lui se sont embrassés sous ma terrasse, et je n'en ai parlé à personne. Les mains de Lorenzo ont disparu sous le tee-shirt de ma sœur. Leurs bouches se sont plu, roulement de langues pour mieux goûter le fruit défendu par maman, puis des bruits de pas les ont fait disparaître dans la nuit.

Sur la plage, Lorenzo crème le dos d'une fille brune, le genre « squelette », à la peau déjà cuite, que ma sœur appelle aussi « pétasse », sans même la connaître. Alicia fait sa hautaine comme si elle n'avait rien vu, et laisse tomber son sac sur le matelas en me regardant méchamment, à croire que je suis une fourmi à écraser sous son pied nu. Pilar et maman lisent un livre sous le parasol ouvert, allongées sur un transat. Elles fument chacune une Vogue, sortie du même paquet. Alicia fait un geste de la main, comme si la fumée la dérangeait. Ses yeux bleus sont fâchés, sa journée est foutue. Elle est belle, Alicia, quand elle boude avec sa petite fossette qui creuse son menton. Et si son regard tuait en cet instant, nous serions tous morts.

Quand nous sommes arrivés la première fois à la résidence du Cap-Martin, nous avons eu cet emplacement sur la plage en béton que les matelas rendent plus « confortable », comme dirait Alicia. Maman et Pilar aiment bien le dur sous leurs pieds. « C'est plus propre que le sable. » Et pour faire les châteaux, il faut aller jusqu'au bac sous le grand arbre où des tas d'enfants plus petits que moi tapent sur un seau vert avec leur pelle orange. C'est nul. Je préfère attendre la journée à Cannes avec le vrai sable, où nous allons tous chaque été. Sur la plage, nous sommes près de l'escalier qui mène à la piscine. Ce qui réjouit Alicia car elle ne manquerait pour rien au monde ces garçons qui fuient le béton en frôlant son transat. Elle plante ses yeux dans les leurs, comme une fléchette dans sa cible.

« Qui vient se baigner avec moi ? » réclame Alicia qui a horreur de barboter seule dans la mer.

Maman regarde Pilar comme si elle cherchait la permission d'emmener sa fille loin de nous. Elles n'ont pas toujours besoin de mots. Tout est dans les livres qu'elles s'échangent aussi, comme des cigarettes qu'elles fumeraient avec les yeux. Pilar sourit et se redresse sur son coude pour mieux regarder maman et Alicia se diriger vers l'échelle qui descend dans l'eau profonde : la gardienne nous a dit plus de trois mètres sous l'échelle, et près de six, à quelques brasses du bord. Et tout près il y a bien une deuxième échelle, avec des marches plus larges et un ponton avec une corde. Mais les rochers sont trop près. Personne ne prend cette échelle-là, sauf quand on pêche les gros crabes poilus et les petites crevettes. Alicia, de toute façon, refuse que maman lui prenne la main. Elle dit : « Je n'ai plus l'âge, maman ! » Moi, j'adore glisser ma main dans la sienne et sentir ses doigts se refermer sur ma paume. Rien ne peut m'arriver quand nos mains sont ainsi collées.

Alicia pousse parfois comme une mauvaise herbe. Elle devrait faire gaffe. À force de dire qu'elle n'a plus l'âge, elle finira par se mettre à dos tous les garçons de la résidence et de tous les endroits où elle posera son pied aux ongles peints par Pilar. Il y a chez Alicia comme un lent poison qui fait effet. Ma sœur s'ennuie partout et cherche à attraper dans ses filets des garçons qui, comme les poissons, ne tiennent pas à y rester.

« Victor, mon chéri, passe-moi la crème solaire. »

J'attrape le tube orange et le donne à Pilar qui soulève son chapeau de paille et m'embrasse sur le front.

« Tu es un ange. »

Ça, c'est bien un truc de grands. J'adore Pilar, mais elle est comme maman, ou papa quand on le voit, ou tous les parents de cette résidence avec leurs enfants. Dès qu'on a l'âge de porter une crème solaire ou un sac, on devient l'esclave de sa famille. Moi, tous les copains que j'ai ici, je les ai rencontrés au local des poubelles, là où les murs sont verts et où les seuls adultes sont les femmes de ménage et les nurses. Et bien sûr, pas un seul papa. C'est l'heure de la douche ou du match qu'il ne faut surtout pas rater. Gaspard, la première fois que je l'ai croisé, portait deux énormes sacs noirs plus lourds que lui.

« Tu comprends, les poubelles s'entassent et personne ne veut les descendre, sous prétexte que la femme de ménage est malade et que ça peut attendre son retour. Ça commençait à sentir le poisson pas frais dans cette cuisine. Alors j'ai décidé de le faire et je t'ai rencontré. Trop cool ! »

Gaspard Clerget, c'est mon meilleur ami. Il est aussi grand que moi, ses yeux sont marron, et ses cheveux sont en brosse, comme le balai. Il habite à Lille et ça fait loin de Bourg-en-Bresse. Alors on ne se voit que l'été et le reste de l'année on s'envoie des textos sur le portable de nos mamans qui râlent à cause des fautes d'orthographe. On met un *c* pour deux *s* et jamais d'accent sur les *e*. Des fois Gaspard écrit exprès : « Sait cool » ou : « Tu fe koa », et sa maman hurle. Bon, on se comprend, Gaspard et moi, et c'est l'essentiel. Il est beaucoup plus mûr que moi à cause de ses grands frères qui le bousculent tout le temps et l'obligent à grandir plus vite. Moi, ce n'est pas Alicia qui va m'aider à comprendre le monde qui m'entoure, même si parfois elle me raconte ses secrets. Ce monde qui, pour moi, est comme un énorme point d'interrogation. Alicia répond rarement à mes questions. Elle soupire ou elle dit : « Tu m'emmerdes », ou pire : « J'espère que je n'étais pas si conne à ton âge. » Moi, j'ai envie de crier que j'ai besoin de tout comprendre. Et les dictionnaires qui traînent à la maison ne suffisent pas. Même maman et Pilar en ont marre de mes points d'interrogation. Maman dit : « Toutes les questions n'ont pas forcément de réponse. » Ça, c'est malin. C'est bien la peine de lire autant de livres. Pilar lâche : « Cherche, mon petit bonhomme, la vie est de toute façon un immense point d'interrogation, même pour les grands. » Oui, peut-être, sauf que les grandes personnes répondent drôlement aux questions des enfants. Par exemple, je demande à maman d'où je viens. J'ai bien vu le petit poussin sortir de la coquille, même que je ne veux plus manger d'œufs depuis. Elle sourit et me répond : « D'une cigogne qui t'a déposé un matin à la maison. » Elle râle quand je veux savoir si je sortais moi aussi d'une coquille avant que la cigogne me kidnappe. Damien, à l'école, dit que je suis sorti du ventre de maman. N'importe quoi. On ne peut pas être premier en tout. Et puis Gaspard m'a raconté. C'est Gontran, son grand frère, qui ne s'est pas gêné pour lui donner tous les détails de la réponse à ma question idiote. Et moi qui pensais que mon zizi ne servait qu'à faire pipi. Je suis bien sorti du ventre de maman avec tout ce ketchup et ce cordon de chair qu'il a fallu couper « avec une hache ». C'est horrible. Finalement Damien avait raison ; il est bien le premier en tout. Ça m'énerve ! Et je préfère les cigognes.

Des fois j'aime me faire peur. Alors je regarde un peu les films d'Alicia, des histoires de vampires et de loups-garous. Généralement je finis sous le fauteuil, le son sur « muet » et les yeux fermés. Attention, je ne suis pas pétochard. Mais pour de vrai, on ne croise pas de nos jours des vampires ou des loups-garous, en tout cas pas à Bourg-en-Bresse ni à Roquebrune. Gaspard est tout aussi curieux que moi, et des fois, ça lui joue des tours à cause de ses frères. Je les soupçonne de vouloir effrayer mon copain avec des réponses atroces afin d'éviter d'autres questions. Mais c'est plus fort que nous.

Des fois, je me demande ce que ça fait d'embrasser une fille avec la langue. Alors j'observe Alicia. Chaque été, je la vois avec un garçon différent sous ma terrasse, même si je pense que Lorenzo est son préféré, et qu'un jour, à force de me pencher, je vais finir par tomber. J'imagine que c'est un peu comme manger une pêche, le goût de la pêche en moins. Je passe la langue sur mes lèvres et j'essaye d'imaginer que c'est celle de Justine que je fais semblant d'ignorer alors que je suis attiré par elle comme les aimants sur le frigidaire. Dès qu'elle surgit à la piscine de la résidence, je ressens des tas de picotements pareils à des chatouilles qui me font monter le sang à la tête. Gaspard dit que je deviens *ouf.* Je raconte des tas d'âneries : « Et si on allait tous se noyer ? » et maman me force à porter le chapeau de paille de Pilar tout en regardant haut dans le ciel et en disant : « C'est vrai qu'il tape fort à cette heure. » Mais Gaspard et moi, on sait bien que ce n'est pas le soleil.

C'est Justine.

Justine de Vallon-Tonnerre.

Vallon, on s'en fout. Mais Tonnerre ! C'est tout à fait ce qui résonne en moi depuis que je l'ai vue la première fois. Je n'ai jamais osé lui parler.

L'été dernier, on s'est retrouvés au restaurant de la résidence où Pilar m'avait donné un billet de vingt euros pour rapporter des glaces pour tout le monde et la monnaie rien que pour elle. Justine m'a regardé avec toutes mes glaces et elle m'a dit : « Tout ça pour toi ? » et moi j'ai souri comme un âne, toutes dents devant, et pas un mot n'a voulu sortir. J'ai pourtant essayé : « Ben oui, je suis super gourmand », mais je me suis dit qu'elle allait me trouver bête et j'ai fermé mon clapet. Gaspard a éclaté de rire : « T'es trop con, toi ! » Oui, je suis trop con. Et Gaspard m'a fait promettre, même que j'ai dû cracher par terre (et la gardienne m'a vu et m'a fait un de ces sermons après), que cet été je parlerais à Justine de Vallon-Tonnerre. Je crois qu'elle est fille unique.

Unique, c'est sûr.

Et ses parents sont toujours bien habillés. Maman dit « trop bien ». Nous des fois à Bourg-en-Bresse on est un peu *crapouille*, surtout le dimanche. Maman et Pilar traînent en survêtement de sport, Alicia et moi en pyjama. Mais eux, les parents de Justine, ils portent des habits très chic et mieux repassés qu'à la maison avec le fer qui oublie les coins, un peu comme s'ils sortaient d'une vitrine, avec des tas de couleurs pastel qui mettent de bonne humeur. C'est simple, tout le monde se retourne sur eux quand ils descendent à la piscine ou à la plage, surtout la gardienne qui en fait des tonnes, avec son sourire qui découvre ses dents margarine, et ses « bonjour » qu'elle déroule sous ses grimaces comme le tapis rouge du Festival de Cannes. En plus les parents de Justine se vouvoient entre eux. On dirait qu'ils parlent à une troisième personne qui n'est pas là. Je vois bien que Justine s'ennuie, mais ce n'est pas comme Alicia. C'est un ennui beaucoup plus délicat, plus doux. Quand Alicia s'ennuie, c'est surtout pour se faire remarquer par des garçons. Justine ne les regarde pas plus qu'elle ne me regarde. Elle l'a fait une fois, pourtant, au restaurant de la résidence, et moi, j'ai été le garçon le plus con de la terre. Elle fixe souvent le sol, ou le ciel. Sinon, son regard glisse sur les gens comme la pluie sur un carreau de fenêtre. Je la trouve timide *comme un faon*. Je dis ça à cause d'un documentaire que j'ai vu sur le câble. J'ai demandé à Pilar comment s'appelait cet animal qui me faisait penser à Justine. Moi aussi je suis timide et je souris souvent : ça m'évite de répondre à des questions idiotes. Justine ne joue jamais avec d'autres enfants. Seulement avec Augusta, une dame très âgée qui lui tient la main comme une poignée de porte qui ne veut pas s'ouvrir. Augusta ressemble à une sorcière avec son chapeau mou qui la protège du soleil et sûrement des mauvais sorts. Je les ai vues aussi sur la terrasse, abritées sous un parasol, jouer aux cartes derrière une grande table, au jeu des Mille bornes, ou faire un immense puzzle, à l'intérieur, dans la salle de jeux, à cause du vent qui voulait jouer aussi.

À la résidence, tous les soirs, les enfants se réunissent sur la grande terrasse pour jouer entre eux de vingt heures à vingt-deux heures.

« C'est une tradition depuis cinquante ans », répète la gardienne.

Avec Gaspard on fait toutes sortes de bêtises, on joue à chat, on se court après, ou on se prend pour Zizou derrière un ballon, et on boit des litres de citronnade sous l'œil bienveillant de la gardienne qui garde l'autre sur son fils Lorenzo, toujours entouré de jolis « squelettes ». Alicia n'est jamais loin à cause des garçons, mais elle est trop vieille, dit-elle, « pour ce genre de tradition débile ». Elle ne veut même pas chanter en play-back avec les sœurs Couton, Lorenzo et les autres ados, à cause des chorégraphies qu'il faut répéter avant, pendant des jours. Elle dit : « Ça me fatigue. » Mon œil! À mon avis, c'est à cause des autres « pétasses », plus nombreuses que les garçons. En tout cas à ces heures-là, Justine est absente. Ses parents jouent encore au tennis avec des amis qui applaudissent le revers de Gisèle ou la foulée de Charles. Quand il monte au filet, il frappe la balle si fort qu'elle disparaît du court. Gisèle, les yeux au ciel, attend qu'elle revienne. Pas d'Augusta non plus qui doit retenir Justine prisonnière dans sa chambre, fermée à clé. Je ne peux m'imaginer le contraire. J'aurais bien aimé jouer à 1, 2, 3, soleil avec Gaspard et Justine. Je suis sûr qu'elle aurait touché le mur bien avant que je me retourne. Je l'aurais laissée gagner exprès. Des fois Gaspard trouve que j'ai beaucoup d'imagination. Il dit : « Tu devrais écrire un livre. »

Je n'ai pas osé lui avouer qu'il m'en avait donné l'idée, après tout ce qui s'était passé cet été-là.

LA FAMILLE VALLON-TONNERRE est arrivée l'été dernier à la résidence. Celle de Gaspard, la même année que nous. Mais je n'ai jamais vu en vrai les frères de Gaspard, bien trop grands pour partir en vacances avec leurs parents et leur petit frère. Par contre Gaspard a toujours sur lui des photos d'eux qu'il a rangés dans un étui en plastique, fermé avec un zip. Comme ça, même quand il se baigne, ses grands frères ne le quittent jamais.

« Tous les ans, dit Gaspard, mes frères partent avec des filles canon et ils voyagent dans des tas de pays exotiques pour les épater, et c'est jamais les mêmes. Cet été, ils sont au Mexique, dans un grand appartement où toutes les fenêtres donnent sur la mer. »

Gaspard balance ses jambes dans l'eau bleue salée de la piscine, assis à côté de moi. Je sens bien qu'il aimerait lui aussi voir la mer des fenêtres du grand appartement qu'il me montre en photo.

« Tu comprends, mes parents étaient trop occupés pour s'aimer avec tous mes frères qui leur demandaient toujours plus d'argent qu'ils n'en gagnaient. Alors mes parents ont travaillé la semaine, le soir et les week-ends pour qu'ils puissent voyager de plus en plus loin. Maintenant mes grands frères sont traders et ils gagnent beaucoup d'argent. Alors mes parents se sont de nouveau aimés et moi je suis né.

– C'est quoi trader ? je demande.

– Ben c'est quelqu'un qui dépense de l'argent qu'il n'a pas et qu'il place dans "toutes sortes d'opérations boursières", et après il est riche.

– Ah, c'est cool », je dis.

Je ne comprends pas qu'on devienne riche en dépensant de l'argent qu'on n'a pas, mais je n'ose pas le dire à Gaspard qui est très fier de ses frères. Aucun d'entre eux ne s'est marié. Les parents de Gaspard aimeraient bien devenir grands-parents, mais Gaspard dit que c'est mal parti avec ses frères qui ne pensent qu'à s'amuser. Le soir, ils se retrouvent dans des bars où ils boivent autre chose que du soda avec des tas de filles « qui ont des seins, ça comme ». Gaspard a même plusieurs photos que son frère Gontran lui a données. Ça nous fait bien rigoler. Mais je sais que Gaspard n'est pas comme eux. Il attend juste *sa* Justine. Et ses grands frères me font un peu penser à papa, l'alcool et les filles canon en moins. Je ne suis pas certain qu'ils aient envie de grandir.

Grandir.

Un drôle de verbe.

À part les nains, tout le monde peut grandir en taille. Ça, c'est ce que l'œil voit. Mais grandir à l'intérieur, c'est plus compliqué. Un jour j'ai discuté avec un nain à Bourg-en-Bresse, dans un cirque installé au champ de foire. Avec son nez rouge de clown, ses joues blanches et ses bretelles vertes qu'il tenait entre ses mains, ce nain m'a dit que j'étais un bon garçon et que je tomberais amoureux cet été d'une fille dont le prénom commencerait par un « J ».

« J » comme Justine.

Je ne savais pas que les clowns pouvaient prédire l'avenir. Pilar a ce don. Elle le tient de sa nounou en Argentine. Mais maman n'aime pas trop que Pilar s'en serve à la maison. Alicia et moi, on adore. Alors on s'arrange avec Pilar quand maman n'est pas là. Ma sœur demande souvent si elle va rencontrer le grand amour et quel jour exactement, comme si Pilar pouvait lire à ce point dans l'avenir. Pilar, très douce, lui dit : « Ça viendra, si tu sais attendre. » Mais personne ne sait vraiment ce qui l'attend dans la vie.

Et si grandir c'était essayer de rendre sa vie meilleure, jour après jour ? Quand je serai grand, je vais me marier avec Justine. Les cigognes nous apporteront des tas d'enfants et j'aurai trois grands-mères rien que pour eux. Maman leur apprendra à lire, Pilar, des tas de trucs interdits pour mieux se défendre dans la vie, et Gisèle en fera des champions de tennis. Papa ne sera pas un vrai grand-père comme Charles. Il offrira sûrement des vêtements trop grands ou trop petits à mes enfants, comme il le fait avec Alicia ou moi. Pourtant, c'est un vrai papa qui nous aime. À l'intérieur, quelque chose l'a juste empêché de grandir. À l'extérieur, c'est un adulte pour tous ceux qui ne le connaissent pas.

« Les apparences sont trompeuses », dit maman à son propos. Au-dedans, papa est un nain, incapable de deviner le prénom de mon amoureuse. Un papa qui préfère être seul pour ralentir les battements de son cœur loin de maman, sans personne pour le juger. Seuls ses copains les huissiers, avec qui il partage parfois son petit déjeuner, lui disent : « Franchement, la prochaine fois, si vous ne payez pas, on risque d'embarquer votre lit. Soyez un peu raisonnable, monsieur Beauregard ! » Mais quand on refuse de grandir à l'intérieur, justement, on n'est pas raisonnable. Je pense que papa ne veut pas essayer de rendre sa vie meilleure. J'aimerais bien l'aider à grandir même si je suis petit en tout.

Un jour je lui ai demandé pourquoi il ne voulait pas grandir. Il m'a répondu : « Parce que. » J'ai insisté : « Parce que quoi ? » Et papa m'a dit : « Parce que les mouches », et je n'ai rien compris.

Maman est devenue muette comme une peluche. Elle m'a regardé au-dessus des lunettes, comme si la réponse était dans son regard. J'ai insisté, elle a soupiré. J'ai osé une troisième fois et elle m'a soufflé au visage : « Victor, si je le savais, Pilar ne serait pas là, et nous partirions à Roquebrune avec ton père. » Puis elle est retournée à la lecture de son livre, jamais le même.

J'ai aussi interrogé Pilar. Elle a regardé dans ses cartes avec des drôles de dessins comme Le Pendu ou L'Ermite.

« Ne dis rien à Claire, c'est notre secret, d'accord ?

– Non, Pilar, ma bouche est une fermeture éclair. Tu vois quoi ?

– Rien.

– Comment ça, rien ?

– Des fois les cartes ne veulent pas parler.

– Pourquoi ?

– Pour que tu le découvres toi-même.

– Comment je peux découvrir ce que j'ignore ?

– Ça viendra, Victor, crois-moi. »

Je la crois. Mais quand ? Après mon mariage avec Justine ?

Et si celle pour qui je ne suis rien encore disparaissait de la résidence sans jamais y revenir ?

Est-ce que grandir, c'est aller vers Justine et lui dire : « Bonjour, je m'appelle Victor Beauregard et j'aimerais devenir ton ami » ?

C'est un bon début, non ?

L'ÉTÉ DERNIER, à la fin des vacances, maman m'a autorisé à sortir de la résidence et à me promener sur le chemin des douaniers, à condition de ne pas y aller seul. Alicia a regardé en l'air comme si sa réponse allait surgir d'un nuage, puis elle a dit au ciel : « Aucun intérêt », avant de baisser les yeux et de foncer sur Lorenzo qui venait d'apparaître, tout seul, avec un grand sourire rien que pour elle. Alors j'ai demandé à Gaspard, qui est allé voir ses parents qui sont venus en discuter avec mes mamans. Nous avons obtenu une heure pour la promenade avec le portable de nos familles pour pouvoir nous joindre au cas où.

Au cas où quoi ?

Il paraît qu'autrefois le chemin des douaniers permettait aux gendarmes de surveiller les contrebandiers et les pirates qui arrivaient par la mer avec de l'or et des pierres précieuses. C'est Rosita la gardienne qui m'a raconté tout ça et m'a donné envie de m'y promener. À part les voiliers, les baigneurs, les jet-skis et les gens qui courent avec leurs chiens, je ne vois pas ce qui pourrait être surveillé, aujourd'hui, du chemin des douaniers. Pour y aller, il faut passer derrière le grillage troué le long de la plage de béton.

Et on se retrouve sur un chemin avec des murets de pierre sur la gauche qui descendent vers la mer et, sur la droite, qui grimpent vers des villas privées dont on ne voit que les herbes hautes à travers des grilles et d'énormes cactus effrayants, pointant leurs troncs comme des épées molles. Sous la piscine, j'aperçois à travers le grillage les parasols bleus de la plage grands ouverts mais rien dessous à cause d'un bosquet de feuilles vertes qui empêchent de voir à travers. Dans ce tunnel ça sent un peu le pipi de chat et l'eau de Javel de la piscine, et Gaspard et moi on part à l'aventure. Je dis à mon copain qu'on est des pirates qui reviennent chercher le trésor caché sous un énorme cactus. Gaspard trouve ça nul parce qu'il n'a pas envie de déterrer tous les cactus. Il faut dire qu'il y en a des centaines.

« Je ne suis pas un de tes grands frères, Gaspard. Je ne te demanderai jamais ça. »

Gaspard sourit. Je vois bien qu'il a l'air soulagé. Et je n'ose pas imaginer toutes les mauvaises blagues que lui ont faites ses frangins. J'en connais quelques-unes que m'a racontées Gaspard.

Courir tout nu dans la cour de leur immeuble un soir d'hiver. Pari gagné, avec une angine en prime et pas d'école pendant une semaine.

Attacher la queue du chat au radiateur. Pari perdu, avec des griffures tout au long des bras et une sur la joue gauche.

Écraser un somnifère dans la tisane des parents pour que ses grands frères puissent sortir la nuit quand ce n'était pas encore permis. Pari gagné, avec un sac de guimauves pour Gaspard et la tête de bois pour les parents.

Avaler un verre de whisky sans respirer. Pari gagné, avec des tonnes d'eau pour noyer la bouche en feu. Sous le regard ahuri de ses parents, Gaspard a dansé dans le salon à s'en défaire bras et jambes. Puis, comme une marionnette sans fil, il est tombé sur le tapis et a ronflé plus fort que son papa.

Je regarde sur ma gauche les rochers déchiquetés qui bordent la mer bleu foncé. L'herbe est brûlée par le soleil. Des petites touffes vertes surgissent entre deux gros cailloux coiffés de fleurs jaunes qui ne seront jamais cueillies en bouquet. Trop dangereux, car elles portent toutes un collier d'épines. La mer se cogne à la roche, furieuse de ne pas pouvoir aller plus loin. Parfois elle se dresse comme un rideau d'eau qui retombe aussitôt. Un peu plus loin, la terre s'avance vers la mer, mais aucun chemin ne permet de la rejoindre. Seuls les oiseaux s'y reposent sans personne pour leur donner du pain. Les rochers se dressent, menaçants, pointus, tout en désordre, infranchissables. Je manque de tomber, je n'avais pas vu la racine au sol qui a attrapé mon pied. Gaspard rigole et me dit : « Viens, on descend jusqu'à l'arbre, là, sur ce passage. Je suis sûr que le pirate a caché le trésor sous ce tronc en forme d'ananas. » Je descends doucement à cause des rochers tranchants. J'ai peur de me blesser si je tombe dessus. De chaque côté des arbres à épines, des feuillages sombres d'où pourraient surgir d'énormes serpents qui essaieraient de nous charmer Gaspard et moi, comme Kaa, celui du *Livre de la jungle* que maman a commencé à me lire un soir. J'arrive enfin au pied de l'arbre ananas. On dirait surtout un palmier serpent qui a avalé un gros ananas pas encore digéré. Mais les ronces protègent le secret des pirates tout autour des racines, et il nous est impossible de creuser à mains nues. Plus bas, la mer déchaînée recouvre la roche grise d'une robe de mariée qui se retire aussitôt. Je me dis que la pierre ne veut pas se marier avec la mer. Gaspard me prend la main et on remonte sur le sentier. Sur ma droite, un drôle d'arbre pousse tout penché. Une partie de ses racines est sortie de terre et se casse comme du bois mort. À chaque étage, des brindilles scintillent au bout des branches nues, pareilles aux cheveux de Gaspard. Son long tronc s'appuie sur un muret qui doit sûrement cacher un secret. Mais le grillage est trop serré pour nous laisser entrer. Pas un trou pour passer, et trop haut pour l'escalader. Une énorme plante grasse se moque de nous avec ses longues feuilles jaune et vert que le vent transforme en un monstre presque vivant. Un grand escalier plonge entre les broussailles, et la mer immense s'étale droit devant. Les marches sont larges, on les descend une par une avec Gaspard. Une terre rose les recouvre. Gaspard dit que des tas de pirates les ont déjà empruntées avant nous, le dos chargé de sacs remplis de pièces d'or. Moi, les seuls pirates que je connais, c'est ceux des Caraïbes avec mon acteur préféré Johnny Depp. Soudain, je recule, la boule au ventre. Je viens d'apercevoir un arbre noir, sans feuilles ni fleurs, surgir au détour du chemin. On dirait que la foudre lui est tombée dessus pour le punir d'être si beau. Il tend ses petits bras, tout malheureux, vers la mer, mais il est bien trop haut pour qu'elle le recouvre d'écume blanche. Son tronc est creux, on pourrait se cacher dedans. On pourrait. Moi, j'ai la trouille qu'il se referme ensuite et toute ma vie je resterais prisonnier de l'arbre noir.

« C'est qu'un arbre », dit Gaspard qui lit dans mes pensées.

Je lui souris. Sur la droite, le muret est tout écorché et montre sa peau rose. Je la caresse du bout des doigts en passant devant.

Ça pique plus que la barbe de papa quand il ne se rase pas de la semaine. Le muret grandit puis devient un mur invincible. Au-dessus de nous un pont avec des colonnes comme chez les Romains. J'ai vu ça dans mon livre d'histoire à l'école et aussi dans *Astérix*, mais maman ne serait pas contente de m'entendre dire ça. Entre les arbres et les rochers apparaît une grande maison, étrange, construite sur de très hauts murs. Face à la mer, ces murs sont creusés en arcades et toutes les fenêtres de la maison sont entourées de colonnes et de grillages. Je me demande pourquoi les fenêtres ont des grillages. Quelqu'un y est peut-être retenu prisonnier. Un escalier tout de travers longe les hauts murs et mène vers une entrée qui disparaît derrière des blocs de pierre. On dirait une maison abandonnée, surveillée par les arbres et les rochers. L'aventure, ça donne faim. Je jette un œil à ma montre, celle que j'ai trouvée un soir sous mon oreiller. Un cadeau de Pilar. Peter Pan est la grande aiguille, Wendy la petite. Maman adore Peter Pan. Elle dit que papa lui ressemble un peu, la magie en moins. Je regarde Gaspard, ses doigts dans le grillage, qui filme la maison avec ses grands yeux marron.

« T'as pas faim ? » je dis.

Et Gaspard se retourne l'air gourmand et me répond : « Ah oui, maman a préparé des brochettes de poulet, cool, avec de la purée et du Coca, allons-y Victor ! »

Ce soir, on dîne tous au restaurant. Pilar a enfilé ses anneaux ébène dans ses oreilles percées. Elle porte une belle robe rouge que maman a refermée dans son dos avec la fermeture éclair. Ses épaules ont la couleur de mon chocolat au lait du matin. Alicia est restée des heures dans la salle de bains, et ce n'est pas grave parce qu'on y est tous allés avant. Une habitude à la maison. Maman a sorti le sèche-cheveux et Alicia ressemble à une lionne. Elle est jolie, Alicia, quand elle veut. Elle a mis une robe beige super courte et le collier que lui a offert Pilar sous l'oreiller. Une pierre de jade, comme un soleil de nuit. Sous son menton, la petite fossette sourit. Maman est tout en lin blanc, pantalon et chemisier. Elle a posé le livre qu'elle lisait en nous attendant et elle nous sourit, heureuse. On quitte l'étage des murs orange, ceux des résidents ; l'ascenseur nous descend au rez-de-chaussée.

Avant, la résidence du Grand Hôtel du Cap-Martin était un palace, et des tas de rois et de reines sont venus là. Même Sissi l'impératrice que maman et Pilar regardent souvent à la télé avec une boîte de kleenex sur les genoux. Sissi habitait tout le premier étage, juste en dessous du nôtre. Il paraît même, d'après la gardienne, qu'elle était accompagnée de quinze personnes, dont un cuisinier français et un confiseur autrichien parce qu'elle était super gourmande. Sissi venait surtout respirer le bon air de Roquebrune à cause de sa santé fragile. Ça ne l'a pas empêchée d'être assassinée et de finir en statue, juste en sortant de la résidence. Selon Rosita, la gardienne, même les hôteliers de Menton et de Roquebrune ont participé au financement de la statue. Elle devait sûrement laisser de gros pourboires. Dans l'ascenseur, il y a toujours la pancarte de l'Hôtel du Cap-Martin, comme si ça pouvait porter malheur de l'enlever ou un truc comme ça.

Pilar conduit, ses mains cachées par de jolis gants blancs.

Elle m'a dit un jour que sa famille avait un chauffeur quand elle était petite fille en Argentine, et qu'elle ne pouvait pas s'asseoir à côté de lui. Manuel aimait lui sourire dans le rétroviseur, sous sa grosse moustache noire. Pilar aurait bien voulu répondre à son sourire, mais ça aussi c'était interdit. Enfin, quand elle voyageait avec sa famille. Sinon, dès que la voiture passait le portail de la maison à Capilla del Señor, le chauffeur s'arrêtait, retirait ses gants blancs qu'il faisait disparaître dans une poche de sa veste. Pilar montait devant et ils se souriaient pendant tout le voyage. Juste avant d'arriver à l'école, Manuel s'arrêtait de nouveau, enfilait la paire de gants blancs pendant que Pilar grimpait derrière.

« C'est pour lui que je porte des gants blancs aujourd'hui, lorsque je conduis. Quand papa a été ruiné, toute la maison s'est vidée. Seul Manuel est resté. Il disait que papa trouverait bien un moyen de faire vivre toute sa famille et qu'il se devait d'aller à ses rendez-vous avec un chauffeur. Mais nous avons dû quitter l'Argentine et j'ai laissé Manuel à l'aéroport, où il nous a déposés, avec son petit signe de la main auquel je n'ai pas pu répondre, cette main nue qui tenait le gant blanc de nos escapades en voiture. J'ai pleuré tout le voyage. Mes parents pensaient que j'étais triste de quitter mes amies à l'école et la belle *estancia* où nous habitions. C'était la gentillesse et le sourire de Manuel que je pleurais en silence dans l'avion qui nous emmenait en France. »

« Une *estancia*, c'est comme une ferme », m'a dit Pilar.

Dans une de ses peintures, Pilar a peint sa maison d'enfance à Capilla del Señor, avec un toit rose et des tas de volets fermés. On dirait que personne n'y vit, ou que tout le monde dort encore. Rien ne traîne sur la terrasse qui descend en escalier de chaque côté jusqu'au jardin. De belles roses rouges grimpent le long des murs comme si leur parfum devait réveiller les dormeurs. L'herbe est verte, de la couleur des volets fermés, bien coupée, et la rosée du matin ressemble à des petites perles d'eau. Mais la première chose qu'on voit dans ce tableau est au milieu du jardin, la seule présence presque humaine, un gant blanc oublié au centre du tableau.

Pilar se gare près des statues de Mistinguett.

« Une chanteuse noire des années folles », dit maman.

Je demande : « Les années folles ? » et maman m'explique : « Après la Première Guerre mondiale, tout le monde ou presque ne pensait qu'à s'amuser. » C'est bizarre qu'on attende une guerre pour s'amuser, mais bon je garde ça pour moi. Dans la rue, juste en face, un restaurant italien, le Piccadilly, où mes deux mamans adorent les petits farcis que la patronne cuisine une fois par semaine, et il faut bien compter sur ses doigts pour ne pas les manquer. Surtout en vacances où tous les jours ressemblent à dimanche. Toute la famille est là, même la grand-mère qui sert les plats à table. On dirait qu'elle dépose un sac d'or dans chaque assiette. Pour de vrai, un sac de tomates ou de courgettes au chapeau mollasson, avec de la mie de pain trempée dans du lait, de la viande hachée avec de l'ail et du piment de Cayenne. Miam ! Des fois Alicia regarde le petit-fils de la patronne qui sert des cocktails au bar. Luigi en fait autant et, des fois, il verse le contenu de la bouteille à côté du verre avec un grand sourire un peu bêta qui ressemble à celui que je fais à Justine quand elle ne me regarde pas. Son père lui donne une claque sur la tête et Luigi abandonne Alicia pour ses cocktails, sous l'œil fâché du père qui transpire beaucoup, et de la mère qui écarte les bras en regardant Alicia qui devient aussi rouge que la robe de Pilar. L'été dernier, Luigi est venu livrer à la résidence des pizzas que maman avait commandées. Pilar lui a demandé de rester dîner avec nous et Luigi a dit oui, oubliant les autres pizzas dans sa mobylette qu'il devait déposer à Menton. Ce soir-là, le papa de Luigi a perdu des clients et Luigi a été privé de sortie toute une semaine. Tous les étés, Luigi vient travailler dans le restaurant de ses parents pour se faire un peu d'argent. Puis il retourne à l'école à Rome, où il vit chez une de ses tantes dans une petite chambre, place de la Bocca della Verità. Pilar et maman connaissent bien. Elles m'ont dit que la Bouche de la Vérité mangeait la main des menteurs. « C'est pour ça que les touristes préfèrent la photographier. » Alicia est toujours un peu gourde avec Luigi. Comme si elle était en face d'une montagne sans savoir de quel côté l'escalader. Elle lui tourne autour, lui sourit, mais elle perd sa belle assurance quand elle lui parle, comme si une sorcière lui avait jeté un sort. Ça ne m'étonnerait pas qu'un jour des crapauds sortent de ses lèvres à la place d'un « bonjour Luigi » qu'elle peine à dire. Alicia lui a proposé plusieurs fois de venir à la piscine de la résidence, mais Luigi ne peut pas, il doit aider sa famille à faire les courses pour le restaurant et préparer la salle. Sans oublier les patates et les carottes à éplucher par centaines, même que si Alicia voulait bien l'aider ce ne serait pas de refus. La bouche de ma sœur a dessiné une orange comme si Luigi lui avait demandé de sauter d'un avion sans parachute. Elle a regardé ses mains de petite fille gâtée, ses ongles vernis, ses poignets couverts de bracelets brésiliens achetés sur le marché de Vintimille, sa peau dorée au soleil de la résidence, et elle a secoué sa tête de lionne en riant aux éclats. Luigi s'est refermé comme une huître sans sa perle et il a dit que, bien sûr, ce n'était pas aussi amusant que plonger d'un rocher dans l'eau éclairée par la lune. Alicia a regardé Luigi comme si elle le voyait pour la première fois, et elle a proposé d'éplucher quelques patates en échange de cette baignade nocturne, si maman voulait bien. C'était la première fois qu'Alicia demandait une permission et maman en a renversé son verre de rosé. Elle a demandé à Luigi de raccompagner sa fille à la résidence après la baignade, et d'être prudents, comme si ces deux-là avaient l'intention de traverser la mer à la nage et de s'enfuir ensemble. C'est vrai qu'avec Alicia, on n'est jamais trop prudent.

J'avale tout rond la petite aubergine farcie avec son riz aux quatre épices et l'olive noire avec son noyau que je découvre trop tard, tandis que maman parle à Pilar du dernier livre qu'elle vient de finir. Un roman de la rentrée littéraire qu'elle compte bien défendre auprès de ses clients. Elle espère inviter l'auteur à la librairie pour une séance de dédicaces. En rentrant à la résidence ce soir, elle va écrire quelques mots sur son blog pour en dire tout le bien qu'elle en a pensé. Un premier roman d'un auteur de cinquante ans. Moi, je trouve qu'il en a mis du temps à l'écrire. Ou alors il l'a écrit à mon âge et a attendu quarante ans pour oser le faire lire. Des fois, j'aime bien aller à la librairie le samedi quand les écrivains de maman dédicacent leurs livres. Souvent, ils ont oublié leur stylo. À se demander s'ils ne sont venus que pour le déjeuner auquel maman les invite. Et quand ils ont enfin de quoi écrire, j'aime bien ce regard souriant et la question qu'ils posent à la dame, toujours la même, quand elle tend le livre vers eux : « Quel est votre prénom ? » Et la dame, souvent, rougit comme si on lui avait demandé son téléphone ou le numéro de sa carte bancaire, elle se tortille et lâche : « Michèle », et l'écrivain, qui n'en est plus un, soudain demande un peu paniqué : « Avec un *l* ou deux ? » Moi, je me dis qu'un jour je serai peut-être à la place de cet écrivain, avec le livre que j'écris en ce moment. En tout cas j'éviterai de demander le prénom car je confonds souvent les *m* et les *n*, et j'ajoute un *l*, quand un seul suffirait. Je ne sais pas qui a inventé les mots, mais cette personne-là avait sûrement de bonnes raisons pour se venger comme ça de nous. Un peu comme maman quand j'ai découpé à cinq ans un de ses romans aux ciseaux pour en faire un puzzle.

Luigi s'approche de notre table, embrasse mes deux mamans, me broie la main, et dit : « Bonjour Alicia », comme si depuis le début de la soirée leurs yeux n'avaient pas arrêté de se le dire. Ma sœur boit un peu d'eau pour avaler la bouchée qui l'empêche de répondre et passe une main dans ses cheveux comme Pilar le fait en fumant une cigarette, en se donnant un air très occupé.

« Heureux de te voir, Alicia!

– Ah, c'est gentil, Luigi. »

Elle aurait pu dire moi aussi, mais ça, c'est trop demander à ma sœur.

« Toujours partante pour m'aider à éplucher les patates? »

Direct le Luigi. Un peu trop peut-être pour Alicia.

Elle regarde maman qui lui sourit.

« En tout cas Luigi, j'espère que la baignade durera plus longtemps! »

Et comme si Alicia en avait trop dit, ses lèvres se taisent. Les yeux de Luigi brillent comme de petites étoiles.

« J'aime beaucoup ta coiffure, Alicia.

– Ah oui? » soupire ma sœur d'une voix un peu trop haute.

Maman éclate de rire. Alicia la tue avec ses yeux bleus.

« Bon je te laisse, dit Luigi, j'ai du travail. Tu peux venir demain vers seize heures au restaurant? »

En fait Luigi regarde aussi maman, car il sait que la réponse sortira surtout de sa *Bocca della Verità*.

« Si Alicia est d'accord, répond maman, pas de problème. Mais Luigi, pas plus tard que vingt-deux heures à la résidence. »

Luigi fait oui avec la tête, Alicia avec ses yeux et un grand sourire qui illumine son visage. Je ne me souviens pas de l'avoir vue si heureuse, sauf quand papa l'invite à passer un week-end à Paris où il habite maintenant. J'y suis allé aussi, deux fois. Un petit appartement de deux pièces rue Mayran dans le 9e arrondissement, tout en désordre, avec du linge qui pend à la porte de la salle de bains et parfois sur le comptoir de sa cuisine américaine. Des piles de grands livres à chaque coin de la table basse. Maman et papa appellent ça des beaux-livres. C'est à se demander si tous les autres sont moches. Le canapé, recouvert de tissus africains, est transformé en lit pour papa la nuit, tandis qu'Alicia ou moi dormons dans le sien, avec d'immenses photos de nous et de maman sur les murs de sa chambre. Près de la fenêtre, cachée par le rideau, une photo de papa et maman avant nous, prise devant le Sacré-Cœur, où ils se tiennent la main et se regardent comme si personne d'autre n'existait. Un peu comme Justine et moi, enfin, quand moi je la regarde. J'aimerais bien savoir qui a pris cette photo. Ont-ils demandé à un inconnu de les photographier ensemble ? Ou à la sœur de papa, Félicité ? À chaque visite, beaucoup de meubles disparaissent. La grande armoire dans la chambre a été remplacée par des boîtes en plastique transparentes empilées les unes sur les autres. Pratique quand papa a besoin de sa chemise rose dans la boîte tout en dessous, chemise qu'il ne doit plus porter d'ailleurs, papa étant plutôt « feignant », comme dit maman. La commode dans l'entrée est remplacée par une girafe en fer, où papa pose son chapeau et parfois un manteau ou une veste. Le problème, c'est qu'Alicia est malheureuse quand elle revient à Bourg-en-Bresse. Et c'est beaucoup plus grave que ses fugues avec les garçons qui ne sont jamais les bons. Elle ne claque pas la porte de sa chambre. Elle pose dans l'entrée la valise qu'elle tient à porter elle-même quand maman vient la chercher à la gare. Elle regarde notre appartement tout bien rangé et le sourire de Pilar qui la prend dans ses bras. Des fois elle pleure sur son épaule, sinon elle repousse Pilar et s'en va seule sur la terrasse, où maman lui dépose un plateau-repas sans rien dire. Et Alicia reste silencieuse toute la soirée, à manger doucement les sandwichs que maman lui a préparés amoureusement, avec du poulet, de la salade, des tomates, des oignons et de la mayonnaise, et une cannette de Coca sans verre. Je reste avec mes deux mamans à regarder un film dans le salon, bien serré contre elles dans le canapé, et je ne sais pas si c'est le film qui les fait pleurer, ou de savoir Alicia si triste sur sa terrasse. Des fois la tristesse est plus contagieuse que certaines maladies. Et quand Alicia rentre d'un week-end avec papa, tout le monde sait qu'on passera une mauvaise soirée, sans rires, sans blagues, sans chatouilles. Même ma tortue Katouta rentre ses pattes et son cou dans sa maison. On dirait une coquille vide. On entend juste maman ou Pilar renifler et se passer la boîte de kleenex. Moi je ne pleure pas. Mais je ne me souviens jamais du film qu'on a regardé ce soir-là.

ROSITA DOLINI, NOTRE GARDIENNE, est née à Roquebrune et connaît tout le monde dans la résidence. Elle n'est pas assez vieille pour avoir travaillé au Grand Hôtel du Cap-Martin, mais elle en sait toute l'histoire. Elle pense que le grand incendie qui a ravagé l'hôtel dans les années trente a été volontairement causé par ses propriétaires pour toucher des assurances. Et personne ne peut la contredire vu que tout le monde est mort depuis longtemps. Rosita se méfie des gens qui se sont enrichis trop vite pour être honnêtes. Elle lit *Point de vue*, auquel la baronne de Liseray, la plus ancienne cliente de la résidence, l'a abonnée. Rosita est incollable sur les têtes couronnées et les mariages princiers. Elle est capable de faire la liste de tous « les grands de ce monde », comme elle les appelle, qui sont venus au Cap-Martin. Le prince de Galles, futur Edouard VII, roi d'Angleterre, Sissi l'impératrice – plus facile à retenir que son vrai nom que j'ai dû écrire plusieurs fois avant de le connaître par cœur, Elisabeth de Wittelsbach –, le comte Ferdinand de Lesseps, le prince Napoléon Charles Bonaparte, Sacha Guitry, Picasso, le poète italien Gabriele D'Annunzio, le sculpteur Auguste Rodin, la reine Victoria d'Angleterre. Bon, moi, tous ces noms ça ne me dit pas grand-chose, je suis encore trop petit. *Le petit de ce monde.* Mais à voir l'éclat dans les yeux de Rosita quand elle les cite et me force à les retenir sous sa dictée, je me dis qu'on a bien de la chance d'avoir hérité de cet appartement où tous ces gens ont peut-être dormi dans mon lit. Dans le salon de Rosita, on peut regarder tous les exemplaires de *Point de vue* qu'elle a gardés depuis le premier numéro offert par la baronne. Des piles hautes comme moi de chaque côté de la grande fenêtre qui donne sur un jardin de violettes.

Le mari de Rosita est mort en tombant d'un toit. Elle n'est pas triste parce que son maçon de mari passait du toit au bar, et rentrait souvent tard dans la nuit. Depuis, Rosita dort mieux, un grand lit rien que pour elle et pas un seul ronflement, sauf peut-être les siens, mais qu'elle n'entend pas. Elle n'a plus que Lorenzo et toute la grande famille de la résidence qu'elle doit prendre sous son aile, de Pâques à Noël. Près de deux cent cinquante personnes l'été et vingt l'hiver, en comptant les chats. Des vacanciers qui viennent de France, mais aussi de Russie, des États-Unis, d'Australie, d'Ukraine, d'Angleterre, de Pologne et d'Italie. Un peu comme les têtes couronnées autrefois, mais sans la couronne. Et le soir, quand on joue sur la terrasse avec Gaspard et les enfants qui parlent une autre langue, le ballon en mousse réconcilie tout le monde. Pas besoin de se comprendre pour taper dedans et courir après. Elle m'aime bien Rosita, elle trouve que je suis un bon garçon, bien élevé. Des fois elle me pince la joue et ça fait mal. Ça doit ressembler à une caresse pour elle. Elle surveille toute la résidence du Cap-Martin avec son œil de renarde. Elle sait tout. Il suffit de lui demander. Rosita n'a aucun secret, trop heureuse de faire plaisir aux curieux. Elle débouche la bouteille de Fernet-Branca, s'en sert un petit verre et me dit que, des fois, les gens riches sont plus malheureux que nous. Moi je ne suis pas d'accord. Quand on est très riche on peut avoir tout ce qu'on veut.

Des armoires pleines de Haribo pour moi.

Des voitures sans traite pour papa afin qu'il ne prenne plus le bus ni le métro.

Des milliers de bracelets et un seul garçon, le bon, pour Alicia.

Plein d'esclaves plus vieux que les enfants pour porter les cartons de livres du camion à la librairie de maman.

Un atelier pour de vrai à Bourg-en-Bresse et à Roquebrune où Pilar peindrait chaque jour sans occuper les chambres de papa.

Rosita me fait goûter une gorgée de son Fernet-Branca et je fais la même grimace qu'avec le sirop contre la toux que maman me fait boire quand je suis malade. Pouah, c'est horrible ce truc. Pilar, un peu rêveuse, m'a dit que ses parents en buvaient autrefois, là-bas en Argentine, avec du Coca-Cola. Y penser quand je retournerai chez la gardienne. Un Coca, mais sans le Fernet-Branca.

La baronne de Liseray a eu moins de chance que Rosita. Elle a perdu son mari et ses deux enfants dans un accident d'avion au large de Zanzibar. Je ne sais pas où c'est, Zanzibar, mais j'adore le nom. Ils s'en allaient faire un safari à Nairobi. Je dis : « C'est quoi un safari ? » et Rosita me répond : « C'est comme un zoo, mais sans cage. Tous les animaux sont en liberté et ne se montrent que s'ils le veulent bien. » Ça me plaît que les animaux se cachent quand ils n'ont pas envie d'être filmés ou photographiés. La baronne, elle, préférait rester dans son chalet en Suisse avec la neige qui parfois l'empêchait de sortir, à feuilleter des magazines sans les lire, juste pour les photos des gens heureux. Depuis, elle passe tous ses hivers à Zanzibar comme si ça la rapprochait un peu de son mari et de ses deux enfants. Comme elle n'aime pas trop le soleil qui brûle sa peau blanche, elle reste dans sa chambre climatisée, à boire du thé sur son lit, calée contre de grands oreillers, cachée derrière la moustiquaire, à cause des moustiques méchants qui aimeraient bien goûter sa peau laiteuse et aussi ridée qu'une pomme oubliée au fond d'un jardin. Elle ne sort que quand il pleut, sous son parapluie beige, et s'en va voir les singes rouges dans la forêt de Jozani. Des fois je l'aperçois sur la terrasse de la résidence. Elle s'abrite du soleil sous une ombrelle blanche et Lorenzo lui apporte un thé Earl Grey avec une moitié de citron. Elle aime bien s'y asseoir aussi le soir entre vingt heures et vingt-deux heures quand nous jouons entre nous. Un sourire se dessine sur ses lèvres quand on crie aussi fort que des Indiens poursuivis par les cow-boys. L'été dernier le ballon en mousse a rebondi sur sa table, la jolie tasse de porcelaine s'est envolée, renversant son contenu sur la baronne, avant de se briser au sol. À la résidence on n'a pas le droit de jouer avec des ballons en cuir qui sont confisqués par Rosita. En échange on peut jouer avec le ballon en mousse qui au moins ne casse pas les fenêtres. Gaspard et moi on est arrivés tout penauds pour récupérer le ballon que la baronne tenait entre ses mains. Rosita, debout près de la baronne, une main sur ses hanches, avait un air un peu sévère et elle a levé un doigt menaçant que la baronne a saisi, obligeant Rosita à baisser son bras.

« Laissez, Rosita, je vais aller me changer. Ça tombe bien, je déteste cet imprimé fleuri qui me fait ressembler à un rideau. Et puis ce n'est pas les tasses qui manquent, n'est-ce pas ? Je donnerais tout ce que j'ai pour avoir l'âge de ces enfants. Comment tu t'appelles, toi ?

– Gaspard, madame. Je peux avoir mon ballon, s'il vous plaît ?

– Bien sûr, où avais-je la tête, tiens, prends-le. Et toi, mon garçon ?

– Victor, madame la baronne. Victor Beauregard. On est désolés, Gaspard et moi, pour le ballon et tout ça. »

Je n'arrivais pas à croire que j'avais dit « madame la baronne ». Rosita me regardait en coin, très fière de ses leçons dans son salon à me faire lire et réciter ses *Point de vue*.

« Ce n'est pas bien grave, mon petit, m'a dit la baronne en glissant sa main sous mon menton. Un jour, si tu veux, viens boire une limonade avec moi. Je ne suis pas certaine d'être assez amusante pour toi, mais j'essaierai d'être à la hauteur. Tu veux bien ?

– Oui, madame la baronne. Je veux bien. Il faut quand même que je demande à mes mamans avant.

– Ah, a souri la baronne, mais tu en as combien, de mamans ?

– Deux, madame, maman et Pilar. J'ai aussi une sœur Alicia et une tortue qui s'appelle Katouta.

– Mais on dirait que tu es entouré de femmes, mon petit. Et si je ne suis pas trop indiscrète, où est ton papa ?

– À Paris, madame la baronne. Enfin, je crois. Il voyage beaucoup à cause des photos qu'il fait pour des guides touristiques.

– Ah ! Et il vous rejoint bientôt ?

– Non, madame. Il ne veut pas venir ici, au Cap-Martin. Je crois que c'est à cause de sa sœur qui est morte dans un accident, pas très loin d'ici. »

Le visage de la baronne s'est soudain figé. Le rouge a disparu de ses joues. J'ai vu toutes ses petites rides au coin des yeux et sa bouche trembler un peu. Elle m'a fait penser à ma grand-mère Charlotte quand grand-père Félix mange de la langue de bœuf.

« Quelle idiote je suis, a dit la baronne comme si personne ne l'entendait. Pourquoi poser les questions dont on ne veut pas entendre les réponses. Excuse-moi, mon petit. Je vais me retirer dans mes appartements. Rosita, vous voulez bien demander à Lorenzo de me préparer un poisson sans arêtes avec un peu de citron et quelques haricots verts, disons pour vingt heures ? »

La baronne s'est levée comme si une guêpe l'avait piquée au derrière. Elle a pris son parapluie de soleil et nous a adressé un signe de la main, comme ceux qu'on donne derrière la vitre d'un train à des inconnus qui restent sur le quai de la gare. Puis elle a filé vers la porte-tambour de la résidence sans se retourner.

« C'est malin, Victor, de parler d'accident, a soufflé Rosita entre ses dents, tu sais bien pourtant qu'elle a perdu son mari et ses deux enfants dans un avion qui s'est écrasé.

– Je n'ai pas fait exprès.

– Je sais, m'a répondu Rosita. Et ne t'excuse pas la prochaine fois que tu la vois. Fais comme si rien ne s'était passé. »

Je ne comprends pas toujours les grandes personnes. Comme si on pouvait effacer les paroles comme la craie sur le tableau, d'un coup de chiffon. Des fois, quand Alicia est en colère, elle dit des choses méchantes. À maman ou à moi. Rarement à Pilar dont l'épaule console souvent ses chagrins. Je sais bien qu'Alicia ne pense pas toujours ce qu'elle dit. Mais ses mots entrent en moi comme des petites aiguilles qui font mal. À moi aussi, papa me manque. J'aimerais bien le voir s'allonger avec nous sur les matelas bleu et blanc et lire un des livres de maman. Descendre l'échelle, là où on perd pied, se baigner avec moi et faire la tortue ou le dauphin dans l'eau bleue. Je sais bien qu'on va recevoir une ou deux cartes postales de lui pendant le séjour et j'en connais déjà le contenu.

Je pense bien à vous deux et j'ai hâte de vous revoir en septembre.

Et je connais sa signature, un soleil à la place de « papa ». Même moi je dessine mieux le soleil. Comme dirait maman, « ça donne l'âge mental de ton père ». Je sais bien que c'est de l'humour. Mais quand même. Rosita m'a dit que dans toute plaisanterie, il y a toujours un fond de vérité. Et moi, je crois qu'à l'intérieur, je suis plus grand que mon papa. Même si je n'ai pas encore les mots pour le dire à haute voix.

« En tout cas, m'a soufflé Gaspard à l'oreille, je crois que tu as un ticket avec la baronne Machin-Chose. »

Et je lui ai arraché le ballon des mains et j'ai donné un coup de pied dedans à la Zizou, et le ballon a disparu derrière les branches des pins parasols, quelque part entre la terrasse et les tennis où les parents de Justine aiment bien jouer en fin d'après-midi.

« Le premier qui trouve le ballon a gagné », a crié Gaspard qui venait de disparaître sur le chemin bordé de cactus et de racines avec des marches si hautes qu'il faut parfois sauter de l'une à l'autre. Je lui ai couru après. Pas question de le laisser gagner aussi facilement. J'ai croisé la vilaine Augusta qui tirait Justine par le bras comme si j'étais le diable. Et Justine n'a regardé ni le sol ni le ciel. Ses yeux verts se sont plantés dans les miens comme un drapeau au sommet de la montagne. Pour un instant, j'aurais bien voulu devenir le diable si elle me rendait mon sourire. Mais Augusta l'a emmenée loin de moi et je ne saurai jamais si Justine a fait de moi un diable ou pas.

Accoudé à la rambarde de ma terrasse, pieds nus et en pyjama rouge, je regarde les petites étoiles briller dans le ciel. Je sais qu'elles sont très loin de moi et beaucoup plus grandes qu'il n'y paraît. Dans le dictionnaire c'est écrit : « sphères gazeuses autogravitantes ». Je ne sais pas qui décide des définitions, mais le monsieur en question ne doit pas avoir d'enfant, ou alors c'est un code secret que seuls les espions savent déchiffrer. Pilar m'a dit que le soleil aussi était une étoile. La plus proche de nous, la seule qui éclaire en plein jour. C'est pour ça qu'on la voit mieux, sauf que ça fait des petits yeux. Toutes les autres ont l'air minuscules, à tenir au creux de la main. Elles sont les ampoules du ciel tandis que le soleil est son halogène. Des fois la nuit, quand la lune est ronde et que les nuages ont été aspirés par la bouche du bon Dieu, on peut apercevoir la piscine et l'eau de la mer qui n'est plus bleue mais argentée. Et c'est en baissant mon regard que je tombe sur d'étranges étoiles qui font ressembler le jardin de la résidence à un sapin de Noël. Comme si Rosita avant d'aller se coucher avait décoré les arbres et les buissons avec des guirlandes lumineuses. Mais Noël est loin. Je pense un instant que les étoiles se sont décrochées du ciel et qu'elles ont atterri sur le jardin de la résidence. Mais c'est impossible. Pilar m'a dit qu'une étoile c'est une planète avec un diamètre de plusieurs centaines de milliers de kilomètres. En plus, dans un film catastrophe, la police nous aurait tous évacués ou on serait morts. Si on était dans un conte, je pourrais imaginer de la poudre de fée qui se cache entre les feuilles. Mais ma poudre se déplace. Une lumière un peu verdâtre. Je me demande si maman dort déjà. Je sais qu'elle lit souvent tard dans la nuit et que les mots remplacent aussi les nuits sans sommeil. Je le sais, parce qu'à Bourg-en-Bresse, quand je me réveille la nuit pour faire pipi, je la trouve des fois dans la cuisine avec un verre de jus d'orange sur la table et un livre dans sa main. Elle abandonne toujours son livre pour me demander ce que je fais debout à cette heure-là. Comme si c'était normal de la voir assise là, à l'heure où plus personne ne porte de montre au poignet. Quand je sors des toilettes, j'ai droit à une gorgée de jus d'orange, un baiser et parfois à une grosse cuillère de *dulce de leche* quand Pilar en fait. C'est le dessert de son enfance, une confiture au lait de la mort qui tue. Mais à la résidence, la cuisine est dans le noir. J'ai trop envie de partager ma poudre de fée, alors je vais jusqu'à la chambre des mamans. J'entrouvre la porte le plus doucement possible. Heureusement elle ne grince pas comme dans les films d'Alicia. Maman se redresse sur son lit et me regarde au-dessus de ses lunettes. Elle vient juste d'abaisser son livre sur la couette. Elle a l'air un peu étonnée. Pilar dort à ses côtés, seule une boule de cheveux bruns apparaît sur l'oreiller. Je fais signe à maman de venir avec moi. Dans le couloir je lui prends la main. Elle chuchote : « Qu'est-ce que tu fais debout à cette heure-là ? » mais elle me suit jusqu'à la terrasse de ma chambre. À son tour, elle découvre les lumières de Noël.

« Des lucioles ! Comme c'est beau ! dit maman. Et moi qui croyais qu'elles avaient disparu…

– C'est quoi des lucioles ?

– De tout petits insectes, mon chéri. Cela fait longtemps qu'on n'en avait pas vu en France ! J'ai lu quelque part que la pollution et nos chemins trop éclairés les avaient fait fuir. La chaleur des derniers jours leur a sûrement donné envie de rentrer…

– Et pourquoi ça brille comme une étoile, maman ?

– À cause de leurs ventres lumineux.

– Beurk ! Moi qui croyais que c'était de la poudre de fée. Tu penses qu'on devrait réveiller Alicia et Pilar ? »

Maman soupire. Son bras entoure mes épaules.

« Surtout pas ! Pilar m'en voudrait de la priver de son précieux sommeil qui lui permet de mieux peindre le matin. Quant à ta sœur, elle se couche suffisamment tard comme ça. Et puis, je pense que nos lucioles seront encore là demain.

– OK. Parce que les lucioles, ça brille aussi la journée ?

– Non, elles dorment et elles sont si petites que tu ne les trouveras pas. Je crois même qu'elles se cachent sous l'écorce des arbres.

– Et ça mange quoi, une luciole ?

– D'autres insectes, des limaces, des escargots. »

Je me demande comment une lumière aussi jolie peut sortir d'un ventre qui avale des animaux dix fois plus grands que lui.

« Allez, mon chéri, ne crois-tu pas qu'il est l'heure d'aller se coucher maintenant ?

– J'aurais aimé que papa voie les lucioles. »

C'est sorti de ma bouche comme ça. Je sais que maman n'aime pas quand on parle de papa, même si elle fait des efforts pour ne pas nous le montrer. Mais il suffit de la regarder quand nous rentrons de Paris, Alicia et moi, pour comprendre combien nos voyages chez papa lui font du mal, surtout quand Alicia en revient si malheureuse.

« Ton papa en a beaucoup vu dans ses voyages, tu sais. Surtout au Canada. »

Maman n'a pas l'air fâché. Elle regarde la nuit comme si l'obscurité lui faisait apparaître les lacs et les forêts que papa photographiait, son appareil à la main, qu'il ne quitte presque jamais.

« Vous êtes allés au Canada ensemble ?

– Oui, avant la naissance d'Alicia. Montréal, Québec. Un hiver, même, nous avions loué un chalet perdu quelque part dans les Laurentides et ton père est allé scier un sapin, avec de la neige jusqu'aux genoux, pour nous faire un arbre de Noël. Et l'été, nous allions dans les Cantons-de-l'Est, des petits villages si charmants près des lacs. Mais c'était avant, tout ça.

– Avant quoi, maman ?

– Victor mon chéri, c'est surtout l'heure de retourner au lit. »

Avant qu'ils s'aiment un peu moins ? Et si c'était plutôt l'heure de dire la vérité aux enfants qui doivent retourner au lit ? Y a-t-il d'ailleurs une heure, un moment, pour tout dire, ne plus rien se cacher ?

« Oui, maman, c'est l'heure ! »

Et je bâille comme si je voulais avaler tout entier un pot de *dulce de leche*.

Ce matin, je suis un peu chiffon. Je n'ai pas très bien dormi à cause des lucioles. J'ai rêvé qu'elles entraient par la fenêtre de ma chambre et se posaient sur moi comme des papillons. J'essayais de les faire partir, mais elles se glissaient dans ma bouche, mon nez et mes oreilles. Quand je me suis réveillé, j'ai couru à la terrasse, mais tout était normal et la guirlande lumineuse avait disparu.

J'avale mon chocolat, ma tartine de beurre avec de la confiture d'orange, et je demande la permission à maman d'aller me promener sur le chemin des douaniers, tout seul, pendant une petite heure. Je sais bien que je n'ai pas le droit. Mais au cas où maman changerait d'avis… Ce ne serait pas la première fois.

« Si tu veux, je viens avec toi », dit maman.

À cette heure-ci, Pilar peint dans la chambre-atelier où personne ne dort. La chambre d'un papa qui ne vient jamais nous rejoindre. D'habitude, maman descend seule à la plage avec un livre. Alicia dort encore. Elle a dû regarder la télé tard dans la nuit et va se réveiller vers midi, comme d'habitude. Ou elle a bu avec Lorenzo et d'autres ados sur la plage, sans les matelas bleu et blanc, et d'après Rosita c'est pas que du Coca.

« C'est gentil, maman. Mais j'ai envie d'être seul ce matin.

– Tout va bien, mon Victor ?

– Oui, je te le promets. Tout va bien, maman.

– Tiens, prends mon portable, je préviendrai Pilar. »

Et voilà, « l'affaire est dans le sac », comme dit maman. La baronne a raison. Je n'ai que des femmes autour de moi. Je dois les protéger car je suis le petit homme de la famille. Et puis je ne sais pas si maman aimerait que je lui raconte mon rêve. Des fois, je me réveille et je suis tout triste. Et ce n'est pas toujours à cause des rêves que je fais. Je le suis parce que je sais que papa ne reviendra pas vivre avec nous. Ni à la résidence du Cap-Martin, ni à Bourg-en-Bresse. Maman s'est habituée à la douceur de Pilar et je sais qu'elles s'aiment pour de vrai, même si elles ne se le disent jamais avec les mots, mais souvent avec les yeux. Ce n'est pas parce qu'elles partagent la même chambre, les mêmes livres, ou les mêmes cigarettes. Mais le matin, pendant que Pilar peint, maman a toujours l'air un peu perdue. Si elle souhaite venir avec moi sur le chemin des douaniers, c'est pour raccourcir le temps qui la sépare de Pilar. Et moi, je veux me promener avec ma tristesse et attendre qu'un papillon blanc la chasse d'un battement d'ailes. Je ne sais pas pourquoi, mais j'attire les papillons. Maman dit que ça porte bonheur et Pilar le contraire. Elle en a même la trouille. Un jour où on déjeunait dans un restaurant de bord de mer à Roquebrune, un magnifique papillon blanc aux ailes bordées de taches noires s'est posé sur le rebord de son assiette. Pilar en a renversé sa chaise et elle a couru loin sur la plage. Maman a eu beaucoup de mal à la faire revenir et il n'était pas question qu'elle touche à son assiette. De toute façon elle n'avait plus faim et elle n'a plus parlé jusque tard dans la soirée. Elle pense qu'elle a dû être enfermée toute petite dans une pièce où des milliers de papillons volaient au-dessus de sa tête mais elle n'en est pas certaine. Et surtout, Pilar ne veut pas en savoir davantage. Elle dit qu'on ne doit se rappeler que des belles choses dans la vie. Tout le reste doit être enterré si profond qu'on ne doit plus savoir où la mémoire l'a rangé. Alors quand on voit un papillon, on n'en parle jamais à Pilar, on le chasse hors de sa vue, même si, parfois, je dois m'en aller loin, les papillons se posant sur mes mains, mes épaules et le sommet de mon crâne.

Je laisse maman à son livre, un nouveau qu'elle a fait surgir d'une pile qui était sur le point de s'écrouler. Sur la couverture l'auteur, Paul Ravine, et le titre, *Un papillon sur l'épaule*. Et une photographie, la mer depuis la fenêtre d'une chambre qui pourrait être la mienne ici, à la résidence. Je ne pense pas que Pilar le lira, celui-là.

Je descends doucement les marches recouvertes d'adhésif pour ne pas glisser les jours de pluie, puis le sentier qui mène jusqu'à la piscine, avec les troncs immenses des arbres qui, à leurs racines, abritent des plantes dont les feuilles ressemblent à ces râteaux qui servent à peigner le sable. Au milieu du chemin, un banc en fer blanc, sur lequel la baronne s'assoit parfois pour respirer le parfum des genêts et l'odeur de la terre encore humide du matin. Mais la baronne n'est pas là et je file jusqu'au grillage pour me retrouver sur la promenade Le Corbusier. C'est la première fois que j'y viens seul. Alors que j'ai fait quelques pas, un papillon jaune se pose sur le dos de ma main. Il a replié ses ailes et se tient immobile. Je lève ma main à hauteur des yeux et le regarde attentivement. Le bord de ses ailes est bleu clair. Je n'en ai jamais vu de pareil. J'aimerais bien le caresser, mais je risque de l'abîmer. C'est fragile, un papillon. Je lui dis tout bas que je m'appelle Victor et que des siècles avant j'étais un pirate qui a oublié depuis la cachette de son trésor. Mon papillon jaune s'envole aussitôt comme s'il connaissait la cachette, et reste suspendu au-dessus de moi. Je le suis jusqu'à l'arbre mort où il disparaît dans le tronc creux. Je regarde un peu à l'intérieur mais c'est tout noir et j'ai un peu peur. On ne sait jamais, quelque chose pourrait en sortir. Et c'est en faisant le tour de l'arbre que je tombe sur eux. Deux garçons de mon âge qui mâchouillent un brin d'herbe et me regardent sans sourire. Ils sont habillés pareil. L'un d'eux porte une besace sur son épaule. On dirait qu'un seul jumeau se regarde dans un miroir. Leurs cheveux sont aussi noirs qu'un corbeau.

« Bonjour, je m'appelle Victor Beauregard, je dis.

– Salut, Nathan.

– Et moi Tom.

– Vous habitez à la résidence ? je demande.

– Non, dit Tom, on vit de l'autre côté de la plage de la Buse, après la cabane de Le Corbusier.

– Ah, je dis, je ne suis pas encore allé aussi loin.

– Tu devrais, dit Tom, c'est joli là-bas. Mon frère et moi on t'y emmènera un de ces jours.

– Je dois d'abord voir avec maman. Je n'ai qu'une heure.

– Il t'en faudrait davantage, dit Nathan. On peut toujours entrer à la Villa Cypris, si tu veux.

– La Villa Cypris ?

– Oui, la villa que Cyprienne Douine a fait construire vers 1909, pour rester près de sa fille Virginie.

– Et vous avez les clés de cette villa ? »

Tom et Nathan se regardent. Ils éclatent de rire. Je ne vois pas ce qu'il y a de drôle.

« Ne te vexe pas, Victor, dit Tom. On entre où on veut, mon frère et moi.

– Ah. Et c'était qui Cyprienne Douine ? je demande un peu curieux.

– Au début, répond Tom, c'était une vendeuse des grands magasins du Louvre à Paris. Le propriétaire, Olympe Hériot, est tombé amoureux de Cyprienne qui est devenue très riche en l'épousant. Émile Zola s'en est inspiré pour écrire *Au bonheur des dames.*

– Ah c'est cool comme histoire. Maman aime bien cet écrivain. Mais elle dit que je suis trop petit encore pour le lire. Et comment tu sais tout ça ?

– On le sait, c'est tout. »

Tom a fermé les yeux. Son corps a l'air aussi raide que l'arbre mort. Puis il secoue sa jambe gauche, la droite, ouvre ses yeux noirs et me sourit.

« Vous habitez ici toute l'année ?

– Oui, dit Tom.

– Je viens à Roquebrune depuis cinq ans et je ne vous y ai jamais vus.

– Parce que tu sors rarement de la résidence ! On n'aime pas trop y aller, d'ailleurs. Ça nous rappelle de mauvais souvenirs, hein, Nathan ?

– Oui, Tom. On préfère le chemin des douaniers. Toutes les villas ici ont une belle histoire qu'on te racontera si tu viens avec nous. »

Je regarde ma montre Peter Pan. Si je m'absente un peu plus d'une heure, je ne crois pas que maman va s'inquiéter. Et puis j'ai son portable au fond de ma poche. Si elle m'appelle du téléphone de Pilar, je lui dirai que je ne suis pas loin.

« Elle est où, la Villa Cypris ?

– Tout près », répond Nathan.

Tom et Nathan marchent devant moi. Alicia m'a dit un jour que quand on buvait trop d'alcool, on voyait tout en double. C'est à se demander ce qu'il y avait dans mon chocolat ce matin. Les deux corbeaux portent des Nike blanches aux pieds, un short noir Adidas et un tee-shirt blanc sans rien dessus. Tom a mis la main gauche dans son short et Nathan la droite. Ils se retournent au même moment.

« Tu as des frères et des sœurs ? me demande Tom.

– Une grande sœur, Alicia. Elle a quatorze ans.

– Quatorze ans, ce n'est pas un âge facile, dit Nathan.

– Ah bon, répond Tom, qu'est-ce que tu en sais ? »

Et les jumeaux rigolent et je me sens tout seul, comme un mur entre eux et moi. Sur le chemin, je reconnais la maison très étrange avec le grillage aux fenêtres. Entre deux colonnes de brique rouge, une grille haute coiffée par des pointes devant laquelle mes corbeaux s'arrêtent. Nathan sort une clé de sa besace et ouvre la grille. Au sol, j'écrase un tapis de feuilles mortes sur lequel personne n'a marché depuis longtemps.

« Voici la Villa Cypris, Victor. On entre par l'arrière de la maison. Elle porte aussi ce nom à cause de la déesse de l'amour et de la beauté.

– Et vous êtes sûrs qu'il n'y a personne ? »

Tom et Nathan se regardent.

« Non, pas l'été, dit Tom. Il y a trop de curieux qui se promènent sur ce chemin des douaniers. Tu aimerais, toi, qu'on te regarde ou te photographie de l'extérieur de ta maison ?

– Non, pas plus que d'y entrer quand je ne suis pas là », je dis.

Je me demande quand même pourquoi les jumeaux ont la clé de la Villa Cypris. Peut-être que leur papa en est le gardien et qu'ils la lui ont empruntée ce matin pour y faire un tour. On remonte une allée bordée de palmiers et d'arbres hauts, bien taillés, d'où s'échappent des chants d'oiseaux. Un papillon blanc se pose sur mon bras et s'envole aussitôt. La villa se dresse comme un château fort au bout de l'allée et je me sens plus petit que d'habitude. C'est le genre de maison où je ne suis jamais entré et je ne suis pas très rassuré. On doit s'y perdre facilement. Un peu comme celle des tableaux de Pilar quand elle était petite. Avec un monsieur pour cirer les chaussures, un autre pour conduire une belle voiture, des dames qui font le ménage, d'autres la cuisine ou le feu dans les cheminées. Je n'ai pas vu les jumeaux ouvrir la porte principale et je les suis à l'intérieur, persuadé qu'on va trouver un monsieur furibard qui va nous chasser à coups de botte. Le sol est en mosaïque, tout en cercles et petits losanges, la cheminée est sculptée jusqu'au plafond, de hautes colonnes se terminent en arcade, on se croirait un peu dans le palais des *Mille et Une Nuits*, comme dans le film que maman et Pilar aiment revoir avec moi, *Aladin et la lampe merveilleuse*. Je m'assois dans un fauteuil en cuir et je me demande ce que contiennent tous les coffres sur lesquels reposent des coussins ou d'énormes bougeoirs en fer. Tom et Nathan se sont adossés de chaque côté de la cheminée immense et ont replié leur jambe de la même façon, un pied sous leurs fesses, l'autre contre le mur. La pièce est si grande qu'on dirait deux insectes.

« Votre papa est gardien de cette villa ? je demande.

– Non, papa et maman sont partis depuis longtemps. On habite chez notre oncle Théo. Un vieux monsieur un peu sourd qui nous laisse faire ce qu'on veut, à condition d'avoir de bonnes notes à l'école.

– Partis, tu veux dire…

– Morts, c'est ça », répond Nathan qui regarde Tom.

Nathan a dit « morts » comme si je lui avais demandé son âge ou un truc normal, et Tom a souri comme si c'était rien du tout.

« Approche-toi de la fenêtre », me dit Tom.

Au loin la mer s'étire, paresseuse, sous le ciel bleu. J'aperçois un voilier si petit qu'il tiendrait dans ma main.

« Cyprienne a ajouté ces colonnes que tu vois de chaque côté des fenêtres. Comme ça, elle pouvait regarder s'entraîner sa fille qui, en 1928, a remporté la médaille d'or des jeux Olympiques d'Amsterdam et, la même année, la Coupe d'Italie. Un an plus tard, elle a volé la Coupe de France aux Anglais, et gagné celle du roi d'Espagne. On dit qu'elle tenait sa passion de navigatrice de sa mère, qui en 1904 acheta le *Katoomba*, un superbe yacht qu'elle rebaptisa *Salvator*.

– Elle est morte en 1932, ajoute Nathan. À bord de son voilier *Ailée-II*, à Arcachon en pleine compétition.

– Elle n'a pas eu de chance, je dis.

– Peut-être, dit Nathan, mais elle a pu vivre sa passion à fond et, dans ces années-là, c'était rare, tu sais. »

Je me demande ce qu'il en sait, lui.

« Viens, Victor, dit Tom, on va te montrer le jardin mauresque. »

Sur le gravier, nos pas résonnent tandis que le vent fait chanter les feuilles des arbres. Au détour d'un bosquet, je découvre le jardin avec de chaque côté d'un point d'eau des dizaines de cyprès alignés et de colonnes surmontées d'aigles en pierre, le long d'allées pavées de brique rouge. Tom et Nathan se sont approchés de moi et posent chacun une main sur mon épaule.

« On aime bien venir ici, dit Tom. On se sent à l'abri. »

À l'abri de quoi ? Je n'ose pas demander depuis que je sais que mes jumeaux sont orphelins. Leurs mains si légères sur mon épaule me font penser à deux papillons.

« Allez, dit Nathan. On te ramène à la résidence. La prochaine fois, réclame plus de temps à ta maman. On te fera découvrir la Villa Cyrnos, un mot grec pour dire corse. C'était la demeure de l'impératrice Eugénie qui comparait le Cap-Martin à "une grosse tortue verte avec sa tignasse de pins maritimes". »

Je vais raconter tout ça à Katouta, je suis sûr que cela va lui plaire.

« Un jour, je dis, si vous voulez venir à la résidence pour profiter de la piscine, je préviendrai la gardienne qui vous laissera entrer.

– C'est gentil, répond Tom, mais on préfère nos criques un peu sauvages, là où il n'y a que nous.

– Et puis, comme on te l'a dit, on n'aime pas trop la résidence », ajoute Nathan.

Les deux jumeaux se regardent encore. Un nuage vient de cacher le soleil et une ombre noire recouvre leurs petits visages de corbeaux.

« La prochaine fois, je peux venir avec mon meilleur ami Gaspard ? je demande.

– Oui, bien sûr, répond Tom.

– Et comment je fais pour vous joindre ?

– Laisse un message dans le trou de l'arbre noir, dit Nathan. On n'a pas de portables et notre oncle est trop sourd pour se servir d'un téléphone.

– Je peux vous donner celui de maman.

– On n'aime pas trop se servir du téléphone », dit Tom.

C'est devant l'arbre mort que mes nouveaux copains me disent au revoir. Je m'éloigne, sentant leur regard sombre dans mon dos. Quand je me retourne, ils ont disparu et l'arbre mort s'évanouit à son tour au premier tournant. Ils sont bien étranges ces jumeaux, je trouve. Comment peuvent-ils savoir autant de choses et surtout les retenir ? Moi, à l'école, si je travaille bien je peux réciter ce que j'ai appris la veille, mais souvent, une semaine après j'ai tout oublié. Et quel est ce mauvais souvenir qui les empêche de venir à la résidence ?

ALICIA A BEAUCOUP AIMÉ plonger du rocher dans l'eau noire avec Luigi. Et pas du tout éplucher les patates et les carottes car elle s'est cassé un ongle et, pour Alicia, c'est comme si elle avait un doigt de moins. Elle passe ses journées à montrer son poing pour mieux cacher le doigt infirme.

C'est tout Alicia.

« Une petite fille gâtée, en colère contre le monde entier. » Ça, c'est maman qui le dit, les jours de fugue.

Alicia, assise sur mon lit, me raconte tout.

Debout sur le rocher, elle ne voit presque rien à cause de la lune cachée par de gros nuages. Juste un tapis de lucioles enfouies dans les broussailles qui éclaire faiblement le bord d'où elle doit plonger. Elle entend la voix de Luigi, tout en bas, qui l'appelle. Elle ferme les yeux pour que le noir soit aussi en elle et elle saute dans le vide avec son cœur qui bat fort, sans savoir si c'est de peur ou d'excitation. Ou si elle est amoureuse. Sous l'eau noire, Alicia se sent sourde un instant, puis la surface de l'eau apparaît, tout comme le visage de Luigi qui s'approche. Du doigt, Luigi touche sa fossette et embrasse Alicia sur la bouche. Un baiser de sel et d'eau mouillée dans une nuit noire et luciolée. Puis ils nagent jusqu'au rivage, une plage de galets aussi ronds que des œufs durs qui font boiter quand on marche dessus. Alicia s'allonge sur ce lit peu confortable et Luigi en fait autant. Puis ils s'accoudent l'un près de l'autre, et mordent dans le fruit encore et encore.

Ma sœur sait bien que je ne peux pas tout comprendre, mais avec moi, elle peut revivre ce beau souvenir. Je suis aussi le petit frère sur lequel elle ne sait pas veiller autrement qu'en lui confiant ses secrets. Je préfère celui de Luigi à celui des bouteilles bues au goulot sur la plage avec Lorenzo et d'autres adolescents comme les sœurs Couton qui s'ennuient tous, le soir, à la résidence. Et, pourtant, Alicia aime bien être saoule. Elle dit qu'elle se sent plus légère et qu'elle oublie tout avec ce liquide brûlant qui entre en elle et met le feu. Elle se souvient même d'avoir embrassé deux garçons à la fois, mais elle ne sait plus lesquels. Et quand elle croise ces adolescents qui rejoignent leurs parents à l'emplacement du matelas bleu et blanc, elle se dit que leurs mains, la veille, ont sans doute glissé sous son tee-shirt et qu'à cette heure du jour, bien sages, elles étalent les serviettes de plage ou la crème solaire sur le dos de leurs petites sœurs. Avec Luigi, elle se sent tout autre, un bout de femme qui ne demande qu'à pousser. Bien sûr, Luigi habite à Rome et elle à Bourg-en-Bresse, là où les garçons de son âge ne sont jamais les bons. Elle a bien aimé, pourtant, son escapade à Lyon avec Erwan ; mais cet imbécile ne pensait qu'à *ça*, et elle voulait aussi un peu de musique et des mots doux, pas ce regard fiévreux et ces mains partout sur elle. Alicia a fini par l'enfermer à double tour dans la chambre d'hôtel et prendre le premier train qui la ramenait à la maison.

« Tous les garçons que j'ai connus ou presque me quittent, dit Alicia. Comme papa, en fait. Mais je veux une belle histoire et, si ce doit être Luigi, alors je partirai avec lui.

– Tu as pensé à maman et à Pilar ? » je demande.

Alicia s'allonge sur mon lit, les yeux au plafond. La lune ronde, dehors, cachée par les volets gris fermés, traverse les persiennes et décore le plafond comme un zèbre avec ses rayures.

« Un jour, Victor, nous quitterons nos mamans. Nous irons vivre ailleurs, à Paris, ou n'importe où, et nous essaierons de faire mieux.

– Mieux que quoi ? »

Alicia se redresse, me regarde avec ses yeux bleus un peu tristes.

« Mieux que papa et maman.

– Mais ils s'aiment toujours, Alicia !

– Peut-être, mais de loin. Et moi je veux un garçon qui m'aime de près. Qui me le dira du matin au soir et qui m'empêchera d'être triste ou stupide.

– Tu n'es pas stupide. »

Alicia passe sa main sous mon menton et le lève légèrement comme si elle cherchait à connaître le poids de ma tête.

« Si, je le suis, parfois, quand je m'enfuis avec un garçon qui me promet le monde et que je vous abandonne tous les trois derrière moi. Je sais bien que ce garçon-là ignore tout du monde qu'il croit m'offrir. Une chambre d'ado avec des posters hideux au mur, ou l'herbe humide du parc de Bouvent le soir, où il vaut mieux éviter de tomber sur le gardien avec ses deux bergers allemands. Ou une chambre d'hôtel minable avec le regard gêné du réceptionniste qui nous laisse monter sans nous demander nos âges. Je ne sais même pas pourquoi je les suis, ces garçons-là. Peut-être parce que je les crois moins cons que les précédents. Je finis par confondre leurs visages et leurs prénoms. Leurs cheveux trop courts ou trop longs, leur bouche qui sent l'alcool bu comme des grands qu'ils ne sont pas. Et crois-moi, Victor, je n'ai jamais rien fait avec ces imbéciles. Je me sentirais si sale de le faire avant d'être sûre que ce soit le bon, tu comprends ? »

Je me gratte la tête.

« Non, Alicia, désolé, je ne comprends pas. Qu'est-ce que tu n'as pas fait ?

– L'amour, gros bêta.

– Mais tu l'as dit toi-même, l'amour, c'est de la musique et des mots doux.

– Quand tu seras plus grand et que ton cœur battra pour une jolie fille, tu comprendras. »

Je n'ose pas lui dire que mon cœur bat déjà pour Justine. Alicia se lève, franchit la porte de ma chambre et se retourne.

« Dors bien, mon petit frère. Si les mots doux sont importants quand on aime quelqu'un, se toucher et ne faire qu'un est comme une clé qui doit ouvrir toutes les portes. Enfin, c'est ce que j'imagine. »

Alicia disparaît. Je me glisse sous la couette et je fixe le zèbre au plafond. Dans les films d'Alicia, je me souviens bien des corps sans rien dessus allongés sur le lit. Je trouve ça nul. Des fois je me regarde tout nu dans une glace. Et ce que je vois ne me plaît pas vraiment. Je me trouve trop maigre. Alors je danse et je fais l'idiot avec le zizi qui se balade, trop content de quitter le calecon ou le pantalon du pyjama. À neuf ans, on s'amuse comme on peut.

QUAND ON EST ARRIVÉS à la résidence, Pilar nous a acheté une télévision et un lecteur DVD pour que nos mamans puissent regarder les informations et les séries américaines. Alicia, ses films de peur. Et moi, ceux d'aventures ou fantastiques comme *Narnia*, *Harry Potter* ou *Nanny McPhee*. Et parfois des dessins animés, comme *L'Âge de glace*, mon préféré, avec Scrat, le petit écureuil trop gourmand qui provoque des tas de catastrophes comme la fonte des glaces, tout ça à cause d'un gland. Le monsieur de la météo dans son costume un peu serré prévoit de grandes vagues de chaleur dans le sud de la France.

« Des masses d'air chaud qui nous viennent du Mexique. » Et son doigt suit une traînée rose qui remonte vers la France. Maman dit qu'il devrait retirer le bouton de sa veste avant qu'il ne nous saute au visage.

« En tout cas, ajoute Pilar, cela promet un bel été. Tu te souviens, Claire, l'été dernier ?

– Oui, on avait dû acheter des parapluies qui ont davantage servi que les crèmes solaires !

– Et les parties de Monopoly, je dis, je les ai presque toutes gagnées. Si c'était aussi facile dans la vraie vie, on serait tous très riches à cause de moi. »

Le sourire de maman me caresse. Alicia vient de rentrer et demande ce qu'on mange ce soir. Elle est allée prendre un verre avec Lorenzo dans un bar, près de la plage, à Carnolès. Chantal et Corinne étaient là aussi. Je renifle Alicia qui me repousse. En tout cas, Alicia sent plutôt la crème solaire. Je connais ses copines. Je ne les aime pas trop. Elles passent leurs journées à ricaner derrière leurs dents de cheval. Les sœurs Couton sont brunes. La première, Chantal, a les cheveux longs qu'elle retient avec un élastique. Ceux de Corinne sont courts et la feraient ressembler à un garçon si sa bouche n'était pas aussi rouge. Elles sont souvent couchées sur le ventre à la plage, tandis que leurs jambes tricotent en l'air. Et elles se chuchotent des tas de trucs à l'oreille que je n'ai pas envie d'entendre. Lorenzo, oui. Il vient souvent s'asseoir près d'elles et leurs rires à trois semblent forcés, comme s'ils tenaient à se faire remarquer ; ce qui ne manque jamais d'arriver. J'ai vu la baronne pincer ses lèvres comme si elle se retenait de respirer en passant près d'eux. Et la maman de Justine, Gisèle de Vallon-Tonnerre, froncer ses sourcils et accélérer le pas pour un rendez-vous qui n'existait pas. Ce qui fait redoubler les rires des sœurs brunes à la bouche peinte. Leur père ronfle fort sur le matelas. Quant à la mère, elle noircit des magazines de mots croisés sans jamais se baigner. Seul Lorenzo se tait, car « les grands de ce monde », comme les appelle sa mère Rosita, l'impressionnent aussi. Il ne s'intéresse pas aux piles de *Point de vue* sur lesquelles il préfère s'asseoir, mais il est heureux quand la baronne lui renvoie son sourire. Par contre, il n'a jamais pu échanger un regard avec les parents de Justine qui ne font pas plus attention à lui qu'à une fourmi. Seule Augusta a enfoncé ses yeux sombres dans les siens, et Lorenzo le regrette encore. Voldemor, le méchant dans *Harry Potter*, ne l'aurait pas mieux aspiré. Chantal et Corinne Couton ont l'âge d'Alicia et la même envie d'être aimées par un garçon. Alicia m'a raconté aussi que Lorenzo les aimait « bien », ce « bien » de trop pour être sincère. Il aime rire avec elles, boire un verre, les suivre au marché de Vintimille ou les pousser dans l'eau au bord de la piscine, mais Alicia sait qu'il ne les entraînera ni l'une ni l'autre sous les volets gris de la résidence et qu'elles ne connaîtront pas, la nuit tombée, le goût de sa bouche, sucrée comme un fruit trop haut dans l'arbre pour l'attraper. Ce qui explique pourquoi Alicia aime bien traîner avec les deux sœurs Couton, deux bonnes copines qui regardent avec envie les garçons tourner autour d'Alicia, sans comprendre ce qui les attire autant. Tout en essayant d'imiter leur amie dans des vêtements super courts. Shorts ras les fesses, chaussures plates, tee-shirts remontés sous une poitrine comme deux petits ballons avec lesquels personne ne veut jouer. Les sœurs Couton n'ont rien d'un squelette, ce qui rassure Alicia. Sous le tee-shirt noué, leur ventre est une bouée à laquelle aucun garçon ne veut s'accrocher pour aller nager.

Après le dîner, des spaghettis au jambon à la sauce tomate, et du raisin vert plongé dans un saladier d'eau, Pilar nous emmène dans la chambre-atelier où elle vient d'achever un nouveau tableau.

À la place d'un lit de papa, deux tréteaux soutiennent une grande planche couverte de taches de peinture, des essais de couleur comme de gros insectes écrasés. Dessus, des boîtes sans couvercles contiennent des tubes épais de peinture qui me font penser au cirage de papa pour faire briller ses chaussures. Les doigts de Pilar ont laissé leurs empreintes sur certains tubes pour mieux dessiner ses couleurs préférées, le vert absinthe, ou chartreuse, le céladon ou le lichen, le bleu aigue-marine ou le cobalt, l'indigo ou le Klein, le rouge incarnat ou le carmin, le garance ou le cardinal, le jaune champagne ou le fleur de soufre, le Naples ou le safran, tous jetés pêle-mêle dans des cageots du Spar où nous allons faire nos courses, une fois par semaine, à Roquebrune. Dans des pots à confiture, une armée de vieux pinceaux s'affaissent, épuisés. Leurs poils sentent le white-spirit, leurs manches rouges ou noirs tout écaillés attendent sagement d'être choisis. Un verre à moutarde de Dijon où se dressent des crayons de couleur se frotte au bocal de cornichons plein de couteaux dont les lames sont plantées au fond. Dans un coffret en bois d'eucalyptus que Pilar a rapporté d'Argentine se cachent des photos de famille sur papier en noir et blanc et tous ses paysages d'enfance qu'elle peint fidèlement. Des images scotchées sur le chevalet au-dessus de la toile à qui Pilar redonne vie, comme des souvenirs à venir.

Son nouveau tableau est un paysage d'herbes hautes bordant un point d'eau. La lumière donne parfois aux herbes des reflets jaunâtres comme des bouquets de roses dont les pétales se fanent. L'eau du tableau est aussi lisse qu'un miroir où les joncs du bord semblent se regarder. Le vent les oblige à se pencher et leur reflet est à la fois jaune et vert. Pilar, enfant, aimait bien se coucher dans ces herbes hautes qui la protégeaient de tout. Une fois allongée, personne ne pouvait plus l'apercevoir en dehors des rayons de soleil qui chauffaient sa peau et des nuages à qui Pilar donnait des formes de théière. Elle entendait son prénom au loin, porté par le vent, crié par sa nurse, à qui elle ne répondait pas.

Je ne sais pas pourquoi mais ce tableau me fait penser aux jumeaux. Sûrement le reflet des joncs dans l'eau. Je n'en ai parlé qu'à Gaspard en rentrant du chemin des douaniers. J'imagine que maman et Pilar auraient demandé à rencontrer l'oncle sourd et je ne suis pas certain que les deux corbeaux auraient accepté. Après tout, les grandes personnes ne sont pas les seules à garder des secrets et puis je n'ai quasiment rien fait de mal. J'ai même appris des tas de belles histoires dans une villa où je n'aurais pas dû mettre les pieds. C'est peut-être ce qui me retient surtout d'en parler à mes deux mamans. Gaspard, lui, trouve ça plutôt cool. Il a hâte de rencontrer Tom et Nathan et de s'en faire de nouveaux copains.

Je dis à Pilar que son tableau est plus triste que les autres et maman me regarde tout étonnée.

« Que trouves-tu de triste dans ce tableau ? me demande-t-elle. Il est lumineux.

– Le reflet des herbes dans l'eau. Regarde, l'herbe devient jaune, comme fanée.

– Ce petit bonhomme m'impressionnera toujours, dit Pilar. Tu vois, Victor, c'est ce qui arrive parfois, quand on se penche trop sur son passé. »

Je ne réponds pas. Pilar porte en elle les blessures de son enfance, celles qui ne se voient pas, contrairement au mur qui se fissure dans ma chambre à Bourg-en-Bresse. À trop se réfugier dans son enfance, ma deuxième maman se fane comme une fleur sans eau. Ou comme cette herbe jaunie par le soleil. J'ai souvent vu de la tristesse sur son visage quand elle regarde le ciel de la terrasse sans savoir que je l'observe, ou quand elle peint, seule, chaque matin, et que sa blessure sans sparadrap descend jusqu'au pinceau. Elle est heureuse et légère pourtant quand elle regarde un film avec nous, ou quand elle allume la cigarette de maman avant de la lui passer. Mais son pays lointain lui manque.

Pilar laisse le tableau sur le chevalet et le regarde une dernière fois avant de quitter la pièce. Alicia bâille sans sa main devant, tant mieux pour les moustiques et les mouches qui auront un endroit où dormir ce soir. Maman a pris Pilar par la main comme elle le fait avec moi. On s'embrasse tous dans le couloir, je sais qu'Alicia et moi n'attendrons pas longtemps avant de trouver le sommeil. Je sais aussi que nos mamans vont lire bien calées sur leurs piles d'oreillers. Et que Pilar va songer, déjà, à son prochain tableau. Juste avant de s'endormir.

« Le meilleur moment pour trouver l'inspiration », m'a dit Pilar.

JE ME BAIGNE DANS LA MER avec maman. Nous sommes descendus par la grande échelle. Maman a mis un peu d'eau sur sa nuque et sur ses bras avant de disparaître sous l'eau bleue. Et j'en ai fait autant à cause de maman qui dit que sinon on peut mourir électrocuté. Sauf que des tas de gens plongent tout secs, et remontent tous à la surface, bien vivants. Nous faisons quelques brasses ensemble et la tortue sur le dos pour profiter du soleil qui aveugle aujourd'hui. Alicia est restée sur la plage avec Pilar qui lui peint les ongles des pieds en bleu. Tandis qu'on retourne à l'échelle, je demande à maman si je peux rester un peu plus longtemps.

« Si tu veux, mon chéri. Je sais que tu nages bien, mais ne t'éloigne pas trop que je puisse t'observer de la plage. OK?

– OK, je dis. Regarde maman, je fais le dauphin qui plonge sous l'eau.

Quand je rouvre les yeux, maman vient tout juste de remonter l'échelle et Justine s'en approche. Elles échangent même un sourire. Je m'attends à voir surgir ses parents ou Augusta, mais Justine est seule. Tout comme moi, à part les rochers, le ciel, le soleil, la mer et les poissons qui sont trop profond dans l'eau pour qu'on puisse les voir. Quant aux gros crabes poilus, ils sont bien trop occupés à se cacher tandis que des tas d'enfants partent à leur recherche près de la petite échelle. J'ai l'impression d'être dans une cage, sans les clés pour en sortir. Je n'ai pas le choix, sauf si Justine m'ignore. Je vais devoir dire des phrases entières et je sens que je vais raconter n'importe quoi. De toute façon c'est trop tard, Justine vient de m'apercevoir et en plus elle me fait un petit signe de la main comme si on était copains depuis toujours. Je rougis de partout.

« Bonjour, dit Justine, tu veux bien nager avec moi ?

– Oui, bien sûr. Tu es toute seule ?

– Oui, enfin ! À moins qu'Augusta soit au fond de l'eau avec une paire de jumelles… Je plaisante. Il fait trop chaud pour mes parents et Augusta qui sont restés dans leurs appartements.

– Ah, je m'appelle Victor, au fait !

– Oui, je sais, j'ai souvent entendu ta maman t'appeler. Moi, c'est Justine. »

Je n'ose pas lui dire que je le sais aussi. Et je n'en reviens pas, Justine connaît mon prénom. Ses cheveux blonds sont retenus sur un côté par une petite barrette qui brille sous le soleil. Ses yeux verts se plissent comme ceux de maman sans ses lunettes quand elle essaye de lire en voiture le nom d'une rue. Ma petite fée est myope. Ses oreilles sont les plus beaux coquillages que j'aie jamais ramassés sur une plage. Nous nageons le crawl l'un près de l'autre et tant pis si je bois la tasse en essayant de filmer Justine avec mes yeux pour ne jamais oublier ce moment magique.

« Tu nages bien, Victor, me dit Justine en sortant la tête de l'eau, mais tu devrais plus te concentrer. »

Comment lui dire que je ne peux pas, alors que je nage près d'une fée qui, un jour, sera peut-être ma femme ? Même si je suis trop petit pour le savoir. D'ailleurs ça ne veut pas dire grand-chose pour moi, sinon qu'on passera toute notre vie ensemble à nager le crawl et tout le reste.

« À quoi tu penses, Victor ? Tu as l'air perdu.

– Je me disais que c'était vraiment cool de nager avec toi.

– Je crois que ta maman nous fait de grands signes. On devrait revenir vers l'échelle. »

Oh non, pas déjà. Moi, je veux bien nager loin, même au-delà de la ligne d'horizon et basculer avec Justine de l'autre côté de la mer. Là où plus personne ne pourra nous surveiller. J'en voudrais presque à maman d'être inquiète, comme si quelque chose de grave pouvait nous arriver. La mer n'a jamais été aussi calme, on dirait un grand lac comme ceux que papa a photographiés au Canada.

« D'accord, je dis. Mais on pourrait nager moins vite et profiter de ce moment, non ? »

Je n'en reviens pas d'avoir sorti un truc pareil. Pilar m'a dit un jour qu'on avait plusieurs vies avant de naître sur terre. D'après ses cartes, j'ai été un roi viking, un troubadour au XIIe siècle et une algue marine au fond de l'océan Indien. Moi, je pense que j'ai surtout été un âne et qu'il en reste quelque chose dans ma vie d'aujourd'hui. Justine s'arrête de nager. Elle glisse une mèche blonde derrière son oreille et me regarde en souriant. Ce n'est pas dans la mer que j'aimerais me noyer mais dans ses yeux, là, tout de suite.

« Tu ne ressembles pas aux garçons que je connais.

– C'est un compliment ? je demande un peu inquiet.

– Oui. Je n'en connais pas tant que ça, tu sais. Surtout des cousins qui me laissent jouer dans mon coin avec mes poupées.

Ça tombe bien, je n'aime pas trop leurs consoles. À l'école, je n'ai pas le droit d'approcher les garçons. Ni de rentrer à la maison avant le week-end.

– Tu ne rentres pas chez toi le soir ?

– Non. Mes parents travaillent trop. Et puis ils pensent que je vais devenir une petite fille modèle et parfaite.

– Une petite fille modèle et parfaite ?

– Oui, je sais, c'est nul. Je ne serai jamais ni l'une ni l'autre.

– Peut-être qu'un jour quelqu'un te le dira, et ce ne sera pas pareil.

– Tu me fais rire, Victor !

– Maman dit que quand on rit, on perd une ride. Enfin, je te raconte tout ça, mais toi, tu n'en as pas une seule. Et il est où ton pensionnat ?

– En Normandie, à Verneuil-sur-Avre. L'École des Roches. Et ma maison est dans l'Oise près de Chantilly. »

Chantilly, comme la crème ? Jamais plus je n'en mangerai sans penser à Justine.

Sous l'eau, on fait du surplace ; nos jambes tricotent une scène pour qu'on puisse rester à la surface.

Comme le spectacle de fin d'année où j'étais déguisé en libellule avec deux longues ailes et un gros bidon de coton. Papa a fait une photo. Je ne sais plus où je l'ai cachée. Je déteste me déguiser. C'est nul. Je n'ai pas envie d'être quelqu'un d'autre.

Je ne regarde pas en direction de l'échelle. Même un tremblement de terre ne me ferait pas rentrer.

« Aïe, dit Justine, Augusta est près de l'échelle. De toute façon, elle ne sait pas nager.

– Elle est toujours habillée en noir ? »

Justine éclate de rire. Un joli rire qui entre en moi comme une gorgée de Coca quand j'ai très soif. Je ne suis plus le garçon le plus con de la terre. Je suis arrivé à faire rire Justine.

« Oui, toujours, dit-elle. Un grand merle sur pied. Et je ne crois pas l'avoir vue sourire une seule fois. Allez, viens, on rentre. »

Je ne dis plus rien. Je nage la brasse à côté de Justine. Si lentement qu'on avance à peine. Pourtant la grande échelle se rapproche dangereusement. J'aimerais revenir en arrière, quand, en ouvrant les yeux, j'ai vu Justine me faire un petit signe de la main. Si je ne dis rien, Justine va disparaître avec Augusta et je devrai sûrement attendre que le hasard nous réunisse encore une fois. L'été dernier après les glaces au restaurant, je ne me suis plus jamais retrouvé seul face à Justine. Elle ne viendra sûrement pas à la piscine, ni sur la grande terrasse, même si je lui demande. Jamais ses parents ne voudront la laisser partir au parc d'attractions de Roquebrune et monter avec moi sous la pieuvre, dans le manège qui met tout à l'envers.

« Justine, tu viendrais te promener avec moi sur le chemin des douaniers ?

– J'aimerais beaucoup, Victor, mais il faut attendre la sieste d'Augusta et le tennis de mes parents en fin d'après-midi. C'est le seul moment où je pourrai m'échapper. Qu'est-ce qu'il y a sur ce chemin des douaniers pour qu'on prenne autant de risques ? »

Je fonds comme un Magnum au soleil. Justine a dit « on ». Je vais demander à Gaspard comment il a fait pour endormir ses parents, à la demande de ses frères. Augusta va faire sa sieste. Foi de Victor.

« J'ai rencontré deux incroyables jumeaux, Tom et Nathan, qui m'ont fait entrer dans une immense villa où j'ai vu des mosaïques au sol et une cheminée sculptée, et dehors un jardin avec des arbres au garde-à-vous près d'une rivière d'eau douce. Si tu viens avec moi, on ira en voir une autre, encore plus grande, que l'impératrice Eugénie a fait construire quand nos parents n'existaient pas encore.

– Et quand veux-tu explorer cette villa ?

– Tu vois le banc en fer blanc quand tu vas à pied de la résidence à la plage ?

– Oui, je vois très bien. Augusta y fait souvent une sieste quand on descend vers la mer. Surtout quand il fait trop chaud comme aujourd'hui.

– Je te laisserai un mot dans deux jours sous ce banc. Je vais voir d'abord avec Tom et Nathan si c'est possible. Aïe, c'est vrai, j'ai promis aussi à mon meilleur ami Gaspard de l'emmener. Ça ne t'ennuie pas ? »

Justine dit non avec la tête. On arrive à l'échelle. Augusta se penche comme si elle pouvait pêcher Justine, et la ranger aussitôt dans son sac de plage. Le grand chapeau noir et mou à larges bords cache ses yeux que j'imagine en pétard.

« Augusta, vous me faites mal.

– C'est bien mon intention, Justine. Personne ne vous a donné la permission de vous enfuir. Quand vos parents le sauront, je crains que cela ne se reproduise plus avant la fin de l'été.

– Eh bien ne leur dites rien. Il fait si beau, Augusta ! Pourquoi ne pas se baigner par un temps pareil ? »

Je reste dans l'eau. J'entends tout, mais j'attends que ce monstre noir d'Augusta disparaisse avant de grimper l'échelle. Je n'ai pas envie de finir en statue de pierre comme dans *Narnia*. Ma petite fée aux yeux verts disparaît et je grimpe vite l'échelle pour l'apercevoir se retourner et me faire un signe de la main qui efface aussitôt toutes mes peurs. Augusta la force à marcher un peu plus vite vers la résidence. Mais quand elles passeront devant le banc en fer blanc, Justine, elle, pensera à notre boîte à lettres, un rendez-vous sans sa sorcière, plein de belles promesses. Sur la plage, maman me sourit et dans son sourire je sais qu'elle a tout vu, qu'elle sait tout. Je m'allonge sur ma serviette bleue. Je sens sa main douce sur ma joue. Pas la peine de se dire quoi que ce soit. Alicia dort à l'ombre du parasol. Pilar boit un Sprite à la paille et je ferme les yeux. C'est le passé que Pilar aspire à ses lèvres. Comme un film qu'on regarde à l'envers, je laisse maman remonter l'échelle et j'attends Justine. Je sais qu'elle va bientôt apparaître et me faire un petit signe de la main comme si on était copains depuis toujours.

JE VIENS D'ÉCRIRE AUX JUMEAUX. Un petit mot sans timbre que j'irai glisser ce soir dans le tronc de l'arbre mort.

Ok pour jeudi à 17 heures devant la grile de la Villa Cypris. Je viendrais avec Gaspard mon meilleur ami. Et avec une petite fée qui s'appelle Justine. J'espère que ça ne vous ennuie pas qu'on soit trois. Merci de me le dire.

Je me relis. J'ajoute un *l* à grille, je l'avais oublié celui-là. Je retire le *s* à viendrai, c'est le futur. Et je plie le mot que je range dans la poche de mon short. C'est quand même bizarre de se parler ainsi avec les jumeaux. Peut-être même que Sissi se servait du tronc creux pour y glisser des mots quand elle occupait le premier étage du Grand Hôtel du Cap-Martin. Impossible d'envoyer un SMS à sa copine l'impératrice Eugénie quand elles avaient envie de prendre le thé. M. Téléphone en a mis du temps pour inventer son appareil magique. Quand je redescends à la plage, j'aperçois maman en conversation avec Gisèle de Vallon-Tonnerre. Mon cœur se met à battre fort et, même si je suis amoureux, je sais que la peur est plus forte. Et si la maman de Justine ne voulait plus qu'on se voie, ma petite fée et moi ? Mais nos mamans se sourient. La mienne vient de lui tendre un livre en lui en recommandant « vivement la lecture ».

« Vraiment, dit la maman de Justine, je vous remercie infiniment. Je ne sais jamais quoi lire !

– Je vous en prie, répond maman. Nous sommes là jusqu'à la fin du mois. Quand vous l'aurez terminé, nous en parlerons si vous voulez bien. Et je vous en offrirai un autre.

– C'est gentil de votre part. Je me sens si redevable ! Peut-être accepteriez-vous de venir prendre un verre avec votre famille, avant la fin des vacances ?

– Ce sera avec plaisir, à condition que vous m'appeliez Claire.

– Oui, Claire ! Mais ce n'est pas votre fils qui vient vers nous ? Quel adorable petit blond ! »

Maman se retourne. Deux paires d'yeux me fixent. « Adorable petit blond ». Qu'est-ce qu'elle en sait la dame qui se fait offrir un livre par maman ? Ça se voit comme ça que je suis adorable ? Au premier regard ? Alors je lui offre mon plus beau sourire, celui que je donne au miroir de la salle de bains quand je pense à Justine. Et je m'approche tout près.

« Bonjour madame.

– C'est gentil, mon garçon, d'avoir nagé avec Justine ce matin. Elle n'a pas beaucoup de copains, tu sais, dans son école. C'est ce que je disais à ta maman, justement !

– Ah ! »

Et le reste de ma phrase ne veut pas sortir. C'est à ce moment précis qu'un papillon jaune et noir se pose sur mon épaule.

« Mais c'est exquis ! Vous avez vu, Claire, ce papillon sur votre fils ?

– Un papillon ! » crie soudain Pilar qui bondit hors de sa chaise, bouscule la maman de Justine et se met à courir comme si le diable en personne la poursuivait avec sa fourche.

Gisèle de Vallon-Tonnerre porte sa main à sa gorge, ses yeux s'agrandissent comme des assiettes à dessert, elle prétexte une partie de tennis où Charles, son mari, ne va pas apprécier son retard. Et s'éloigne à l'opposé des terrains de tennis. Mon papillon jaune et noir n'a pas bougé malgré toute cette agitation. Maman me fait signe de garder ses affaires et part récupérer sa moitié de fruit. Celle dont la magie lui manque. Je m'assois sur le matelas de Pilar au même moment que Gaspard, surgi de nulle part. Mon papillon jaune et noir s'envole.

« Salut Victor ! Alors il paraît que tu as nagé ce matin avec Justine ? Raconte !

– Comment tu sais ça, toi ?

– Bah, toute la résidence est au courant !

– N'importe quoi.

– Quand elle gronde, Augusta a la voix qui porte. Et d'après ce que j'ai appris, ta copine n'a pas la langue dans sa poche.

– Ah bon ! Elle a dit quoi, Justine ?

– Toi d'abord.

– Bon d'accord. Mais tu sais, il ne s'est rien passé. J'ai nagé avec Justine, on s'est raconté des tas de trucs marrants et elle m'a promis de venir avec nous après-demain à la Villa Cyrnos. Augusta est arrivée et c'était plus marrant du tout. Il faut juste l'endormir cette sorcière, tu sais, comme tu l'as fait avec tes parents.

– L'endormir, tu dis ? Pour de vrai ?

– Oui, c'est ça. Dis, tu veux bien ? »

Gaspard allonge ses jambes sur le béton comme si sa réponse en dépendait.

« Je peux toujours récupérer un somnifère de maman. Je sais où elle les range. Mais comment fait-on pour entrer chez Augusta ? Et lui faire boire tout ça ?

– Je sais comment entrer chez cette sorcière. Rosita garde un double des clés de toute la résidence. Je peux lui emprunter un *Point de vue* et piquer la clé, et en revenant, je remettrai la clé à sa place.

– T'es ouf, Victor, quand même ! Et comment elle avale le somnifère, la sorcière ?

– Ça je ne sais pas encore. On pourrait peut-être laisser le verre d'eau sur sa table de nuit avec le poison dedans. Alors, sinon, elle a dit quoi ma petite fée à Augusta ce matin ?

– Ta petite fée ? Eh bien ! D'après les sœurs Couton, Justine l'aurait traitée de merle noir, sale mouche et vieux crapaud.

– Ah ! je les déteste, ces pestouilles ! Ça ne m'étonne pas maintenant que toute la résidence soit au courant. Cela dit, Justine a raison. Augusta a tout du merle noir, de la sale mouche et du vieux crapaud.

– Ça va, les enfants ? C'est qui le vieux crapaud ? »

Maman nous regarde, l'air un peu moqueur, ses yeux noisette absents, cachés sous des lunettes de soleil.

« C'est la nurse de Justine, cafte Gaspard.

– Ce n'est pas gentil de dire ça, dit maman en retirant ses lunettes. On ne connaît pas cette dame. Elle a peut-être une vie difficile. Bon, Pilar ne reviendra pas à la plage aujourd'hui. Elle vient de commencer un nouveau tableau. C'est embêtant tous ces papillons, et maintenant les lucioles qui l'effrayent aussi. C'est le premier été où on en voit autant.

– Maman dit que c'est à cause de la chaleur et des dérèglements climatiques.

– Ta maman, Gaspard, a sûrement raison de parler de la chaleur. Mais les lucioles ? Dès que la nuit tombe, elles viennent par centaines tous les soirs. Elles illuminent presque le jardin de la résidence et, d'après la gardienne, on en verrait sur le chemin des douaniers jusqu'à Monaco !

– Oui, répond Gaspard, mais c'est si joli, vous ne trouvez pas ?

– Va dire ça à Pilar qui, le soir, ne veut plus mettre un pied dehors. Heureusement que ces insectes ne franchissent pas les terrasses. Avec une chaleur pareille, je ne me vois pas dormir fenêtres fermées. Victor, je remonte le sac, je te laisse te charger des serviettes. En tout cas, la maman de Justine est très sympathique, je trouve.

– Ah oui, je dis, comme si tout ça n'avait aucune importance.

– Elle est venue surtout pour s'excuser du comportement d'Augusta qui aime trop sa Justine.

– Ben ça ne se voit pas beaucoup, je dis.

– Tu sais, mon chéri, parfois les grandes personnes ne sont pas très douées pour exprimer leurs sentiments.

– Ça, on peut dire qu'Augusta ne l'est pas du tout.

– Elle a dû avoir peur qu'il arrive quelque chose à Justine, sans sa surveillance. On ne sait jamais. Tu sais bien que je n'aime pas te voir nager ici en pleine mer tout seul. La peur fait réagir chacun selon son caractère. Augusta a l'air un peu brusque, mais elle n'a rien du vieux crapaud, crois-moi. »

Je me garde bien de lui dire que l'expression ne vient pas de moi, mais de Justine. Et quand ma petite fée est sortie de l'eau ce matin, elle n'avait pas l'air d'avoir échappé à un danger. À moins que la sorcière me considère ainsi pour Justine ? Pourquoi lui prendre le bras si méchamment et la forcer à avancer plus vite sous un soleil brûlant ?

Et tandis que maman remonte à l'appartement, Gaspard et moi nous glissons derrière le grillage en direction du chemin des douaniers. Juste pour déposer l'enveloppe et le mot dans le creux de l'arbre mort. Puis je récupère toutes les serviettes que j'étends, avec Gaspard, dans notre cabine de plage avec les pinces à linge. On en profite pour s'en accrocher une au nez, deux aux oreilles, et la dernière sur la bouche pour se taire à jamais.

DEPUIS QUE LORENZO sait qu'Alicia voit Luigi en dehors de la résidence, il lui tourne autour comme une guêpe sur la confiture de mes tartines. Ça fait rigoler Alicia, tandis que ses copines Chantal et Corinne commencent à regretter d'en avoir trop dit à Lorenzo. Elles qui espéraient détourner son attention de la petite Beauregard pour mieux profiter du fils de la gardienne, et qui sait, se promener en sa compagnie le soir sous les volets gris de la résidence quand tout le monde dort, ou presque.

« Pour l'instant, ricane Alicia, le seul baiser qu'elles donnent, c'est à leur miroir avant de sortir. »

En me penchant ce soir pour admirer la danse des lucioles qui descend jusqu'à la piscine, mon regard tombe pourtant sur Alicia et Lorenzo. Ils sont si serrés l'un contre l'autre qu'on dirait une seule personne. Et ils s'embrassent sans respirer. Je remue la langue dans ma bouche pour ressentir ce que ça fait. À part la salive qui dégouline, je ne comprends pas pourquoi ça plaît autant à Alicia. Des fois, je ne comprends pas ma sœur. C'est peut-être son âge.

« L'âge bête », dit maman, les soirs de fugue.

En plus, je me suis mordu la langue, c'est malin ! Et si Luigi l'apprenait ? Pas que je me sois mordu la langue, bien sûr. Ces petites pestes de Chantal et Corinne se chargeraient sûrement de tout répéter. Pas le genre à « tenir leur langue », comme dit maman. Ça ! La langue des sœurs Couton est aussi pendue que celle d'un chien assoiffé. Elles ont toujours un secret à raconter à tout le monde, le genre de secret dont « il-ne-faut-parler-à-personne ». Luigi est un gentil garçon. Et ses yeux disent combien il aime Alicia, chaque fois que nous allons goûter aux petits farcis du Piccadilly. Lorenzo, ce sont plutôt ses mains qui parlent. Des mains qui se promènent sur le corps de ma sœur, comme s'il ne retrouvait plus son chemin. Mais que ce soit à la piscine ou dans la mer, ses yeux cherchent surtout à plaire aux autres adolescentes de la résidence. Celles qu'il aimerait attraper comme un chasseur de papillons. Juste pour les regarder prisonnières sous son filet avant de les épingler comme on en voit au Muséum d'histoire naturelle, où Pilar n'est jamais allée. Moi oui, avec papa. Alicia doit faire attention, sinon elle va perdre et le bon et le mauvais.

Luigi parce qu'il finira par l'apprendre, Lorenzo parce qu'il aura réussi à l'épingler sous un cadre. Un papillon dans sa collection et rien d'autre. J'ai essayé d'en parler avec Alicia mais elle ne veut rien entendre. Je suis « trop petit » pour comprendre. Je ne crois pas. Bien sûr, je ne comprends pas tout, c'est vrai. Mais je *ressens* des choses. Sauf avec les jumeaux. Juste ce mur si haut entre eux et moi qu'il en cacherait le ciel. Quand j'ai vu Gaspard au local des poubelles, j'ai tout de suite su qu'on serait les meilleurs amis du monde. Je revois les jumeaux se retourner vers moi au même moment, la main de Tom dans sa poche de gauche, celle de Nathan dans la poche de droite. Leurs allures de grands corbeaux noirs, comme s'ils étaient les fils d'Augusta. Le mystère de leurs connaissances. Leur oncle Théo dont j'ai très envie de parler à Rosita. Elle qui sait tout a certainement entendu parler des jumeaux et de leur oncle sourd. Qui n'a pas de portable aujourd'hui, à part moi et les jumeaux ? Alicia s'en sert tant qu'il est impossible de lire les chiffres sur le clavier de son téléphone. À Bourg-en-Bresse, elle s'enferme dans sa chambre et reste des heures à appeler ses copines qu'elle verra le lendemain au lycée Edgar-Quinet, l'oreille gauche toute rougie de s'être autant écrasée sur cet esquimau sans bâton. Et s'il m'arrive d'envoyer quelques textos à Gaspard sur le portable de maman, Alicia est sans aucun doute la meilleure pianiste de la famille. Je ne compte plus les MDR, PTDR, LOL, ☺ sur lesquels je suis tombé en ouvrant une fois son téléphone, même qu'elle m'a dit des choses très méchantes ce jour-là et que si je recommençais ça, elle ne serait plus jamais ma sœur. N'importe quoi. Elle n'a pas vraiment le choix. Je sais bien qu'elle appelle souvent papa. Même ici à Roquebrune. J'ai entendu des bouts de phrases, l'oreille collée à la porte de sa chambre. Elle lui raconte ses journées, nos baignades, et peut-être tout sur maman. Est-ce qu'elle lui parle de Lorenzo et de Luigi comme à moi, pour revivre tous ces moments passés avec eux ? Et que dit-elle à propos de Pilar ? Je trouve ça étrange que papa et Pilar s'expriment tous deux dans des photographies ou des peintures dans lesquelles aucun humain n'apparaît. Des paysages doux qui rappellent l'enfance perdue de Pilar. Des lacs et des forêts aux couleurs lumineuses où personne ne se baigne ni ne se promène. Peut-être encore des souvenirs envolés quand papa et maman voyageaient ensemble. Maman n'aime pas qu'on lui parle de ces voyages. Elle ne tient pas à revivre ces moments-là en en parlant. Mais souvent quand on regarde la télévision, elle dit : « Je connais, j'y suis allée. » Alicia et moi, on se fait un clin d'œil, car on se doute bien que c'était avec papa. Quant à Pilar, elle sait qu'il ne faut pas remuer ce passé-là. Alors elle fait comme si maman n'avait rien dit.

Ce matin à Roquebrune, maman nous tend à Alicia et à moi une carte postale de papa. *Je pense bien à vous deux et j'ai hâte de vous revoir en septembre.* Et en signature un soleil d'enfant plus petit que moi, tout rond avec plein de rayons dessinés au feutre.

Alicia regarde le cachet de la poste et dit que la carte de papa vient de Talloires. Elle attrape son portable. Sur Internet, Talloires est quelque part entre la Haute-Savoie et la région Rhône-Alpes, pas très loin de Bourg-en- Bresse, à cent quarante kilomètres. Ça a l'air joli ce petit clocher qui surgit entre les maisons de brique rouge, avec au fond la montagne et le lac couleur piscine. Alicia observe longuement la carte postale comme si elle avait le pouvoir d'y entrer. À Paris, la dernière fois que je suis allé chez papa, je lui ai demandé pourquoi il ne venait pas à la résidence. Il a toussé, comme s'il venait d'attraper un rhume. Et avant qu'il ouvre la bouche j'ai dit : « Et surtout ne va pas dire toi aussi que je suis trop petit. » Ce qui a provoqué une nouvelle toux. Il s'est penché vers moi, a pris mes petites mains entre les siennes immenses et il a juste dit : « Parce que c'est trop douloureux pour moi. » Puis il s'est enfoncé dans son canapé-lit comme s'il disparaissait dans ses souvenirs, les douloureux, ceux qui l'empêchent de nous rejoindre à Roquebrune. Et comme il ne disait plus rien et ne toussait plus non plus, je lui ai raconté que j'avais eu un huit en français et papa s'est détendu, on a parlé de mes bonnes notes à l'école, de mon professeur de français que j'aime beaucoup, M. Cohen-Solal, qui m'encourage à écrire autre chose que des devoirs. Et puis au moment où papa s'y attendait le moins, j'ai demandé : « C'est quoi qui est trop douloureux? » Et papa a pleuré. C'était la première fois que je le voyais triste et je me suis dit que j'aurais mieux fait de ranger ma langue. J'ai tendu un kleenex que j'avais dans ma poche. Papa s'est mouché fort dedans et m'a dit en reniflant : « Surtout ne pas raconter ça à ta maman. » Ce n'était pas mon idée. J'aurais voulu revenir en arrière comme les films qu'Alicia regarde sur le lecteur DVD et ne pas poser ma question. Celle qui a fait pleurer papa. Peut-être même qu'il pleurait pour la première fois de sa vie. Et tout ça à cause de moi. Je me suis senti plus petit que petit. Je ne savais plus quoi dire. Alors papa s'est levé, m'a pris dans ses bras et m'a dit en riant que je méritais une énorme glace et que ça tombait bien car Paris, c'était le paradis de la glace. Tout s'est un peu bousculé dans ma tête. Je ne comprenais pas pourquoi je méritais une glace après avoir fait pleurer papa. Et puis j'ai oublié les films sur lecteur DVD. Après tout, les grandes personnes ne sont pas aussi éloignées de nous, les enfants, quoi qu'on en dise. Surtout papa. Des fois, je pleure et je ris juste après. Je me fais mal en tombant, j'ai juste besoin d'un sparadrap et d'un câlin de maman ou de Pilar. Après je ris et je retourne jouer. Papa venait de faire la même chose. C'est vrai qu'il n'est pas forcément le meilleur exemple. Mais pour moi, papa, c'est Peter Pan. Avec la magie.

Juste après le petit déjeuner, je cours jusqu'au chemin des douaniers. Enfin, j'essaye. Si j'avais des ailes, je pourrais voler au-dessus des marches et surtout des racines qui retiennent mes pieds comme des pièges pour enfants trop pressés. Je suis tout essoufflé et je transpire sous mon tee-shirt qui colle un peu. Il n'est pas tout à fait neuf heures et je trouve qu'il fait aussi chaud qu'en enfer, en tout cas celui qu'on voit dans les films d'Alicia avec les flammes, les fourches et les visages cuits au four. Je ferme les yeux et plonge mon bras dans le tronc de l'arbre mort en espérant que rien ne l'avale. J'en ressors une enveloppe avec un mot des jumeaux dedans. Je ne sais pas lequel des deux l'a écrit, c'est signé *Tom et Nathan*. Une écriture minuscule, à lire à la loupe. Un peu « pattes de mouche », comme dit M. Cohen-Solal, mon professeur de français, à mon voisin de pupitre, Damien, le premier de la classe. N'importe quoi. Comme si les mouches écrivaient des lettres avec leurs pattes. De toute façon, mouche ou pas, ça dit juste : *D'accord pour demain jeudi à 17 heures devant la Villa Cypris.* Il nous reste donc une journée pour endormir la sorcière Augusta. En espérant que Justine n'aura pas oublié et que ses parents joueront bien au tennis à dix-sept heures. Pas besoin de courir pour remonter, je peux prendre mon temps et même m'allonger sur le banc en fer blanc pour regarder le ciel de bonne humeur. Au détour du chemin serpenté, je tombe sur la baronne, qui trône sur le banc, droite comme un « I » majuscule. Tout de blanc vêtue, elle s'appuie sur son ombrelle repliée. Un large chapeau à voilette blanche couvre sa tête. Elle ne m'a pas vu arriver, son regard est perdu entre la mer et le lointain. Mon pied fait craquer une brindille, la baronne se retourne et me sourit.

« Ah ! le petit Victor Beauregard, c'est cela, n'est-ce pas ? »

Et elle tapote le banc à côté d'elle pour que je vienne m'y asseoir. Ce que je fais.

« Oui, madame la baronne.

– Appelle-moi Hedwige, avec un H comme Hibou. Ce que je deviens au fil des ans. Ce prénom est une idée saugrenue de maman qui trouvait cela original. Enfin, je me sentirais moins vieille si tu le prononçais, en aspirant ou non le H. »

La baronne m'impressionne. Mais je n'ai pas peur d'elle. Je suis sûr que c'est une *bonne* personne. Un peu comme ma grand-mère Charlotte, la maman de maman qui habite Lyon avec mon grand-père Félix. Un dimanche par mois, on va déjeuner chez eux, dans leur grand appartement qui sent la cire et le lys, les fleurs préférées de mémé. Pépé aime beaucoup les cartes de Pilar, surtout quand elle voit de jolies femmes autour de lui. Mais il dit toujours que la plus jolie d'entre elles est sa femme, qu'il a épousée à cause de son gâteau au marron. Mémé hausse les épaules et fait un clin d'œil à maman, comme si les femmes pouvaient bien se passer des hommes. Et ce n'est pas maman qui va dire le contraire. Les parents de papa, eux, sont tous les deux morts du cœur qui s'est arrêté de battre pendant qu'ils dormaient, mais pas la même nuit. Maman a dit : « C'est mieux comme ça. » Moi je n'aimerais pas m'endormir sans me réveiller le matin. En tout cas, je n'étais pas né quand ils sont partis l'un après l'autre. Alors je n'ai pas trop de chagrin.

« Ma grand-mère Charlotte vous ressemble un peu, je dis. Mais je ne l'ai jamais vue porter de chapeau ni de parapluie pour se cacher du soleil. Le parapluie, oui, mais sous la pluie.

– Et où habite ta grand-mère, mon petit ?

– À Lyon, dans le VIe arrondissement, avenue des Frères-Lumière.

– Je connais Lyon. J'y suis allée il y a bien longtemps, quand j'étais encore mariée. »

Je pense à Rosita qui m'a dit de ne pas lui parler de son mari et de ses enfants parce que ça lui rappelle qu'ils ne sont plus là. Pourtant la baronne n'a pas l'air triste sur ce banc, les deux mains appuyées sur son ombrelle repliée. Elle me sourit et j'en fais autant.

« Mon fils Julien avait à peu près ton âge quand il est parti. J'ai l'impression de le voir quand je te regarde. Il avait la même mèche blonde que j'avais tant de mal à coiffer. Je mettais un peu de salive pour l'aplatir et il n'aimait pas du tout que je fasse ça.

– Je le comprends bien, madame la… euh, Hedwige, moi personne n'essaye de faire ça à part moi quand j'écris, sinon ça m'énerve un peu.

– Et tu écris quoi, mon enfant ?

– Des trucs que j'entends et que je ne comprends pas, des petites histoires, des phrases qui me plaisent bien.

– Et qu'est-ce que tu ne comprends pas ?

– Ben, pourquoi papa ne vit plus avec nous, pourquoi maman ne répond pas à toutes mes questions, pourquoi Alicia aime tous les garçons de son âge, surtout Lorenzo qui n'est pas le bon, pourquoi Pilar ne peint pas d'humains dans ses tableaux, enfin, tout ça, quoi !

– Ce sont en effet des questions sérieuses. Tu m'as bien dit que tu t'appelais Beauregard, n'est-ce pas ?

– Oui, madame, pourquoi ?

– Eh bien j'ai connu une femme qui s'appelait Félicité Beauregard.

– Ça alors ! La sœur de papa, celle qui a eu un accident... »

J'avale ma langue sur le mot que je ne devais pas prononcer. Je jette un coup d'œil à la baronne qui n'a pas l'air de m'en vouloir.

« C'était une femme très belle qui faisait tourner les têtes. Petite, elle venait souvent à la résidence. Comment s'appelait-il déjà ?

– Qui ça, Hedwige ?

– Celui qui l'appelait Fée. Ah oui, le baron de Loumières. Côme de Loumières. Un bel homme, très sportif, qui participait à toutes sortes de compétitions et qui adorait les vieilles voitures.

– Maman ne veut jamais nous parler de Félicité. Elle dit que c'est une mauvaise personne.

– Pour certaines femmes, j'imagine, en effet, que Félicité l'était. Une femme trop belle, capable de voler un mari. Crois-moi, et je ne veux pas contredire ta maman, mais Félicité était surtout une grande amoureuse. Elle s'est mariée avec le baron de Loumières et a vécu quelques heureuses années. Tout comme moi avec mon mari et mes enfants. Mais j'imagine que tout cela a un prix.

– Un prix ?

– Je ne sais pas si c'est une conversation que nous devrions avoir toi et moi. Est-ce que j'aurais raconté ce que je te dis à mon fils Julien, ou à ma fille Lucie ? Ils sont morts si jeunes ! Et moi je ne me suis jamais remariée.

– Je vous promets de garder ça pour moi. Mais je suis curieux d'en savoir plus sur ma tante.

– Soit ! Quand j'ai rencontré Félicité, elle devait avoir à peu près ton âge. Elle est apparue un été à la résidence accompagnée d'un garçon un peu timide qui restait à l'écart et jouait seul dans la piscine avec un ballon en mousse. C'est drôle qu'on retienne parfois ce genre de détail. Félicité, elle, s'entendait à merveille avec les autres enfants. Surtout avec la petite Clara qui l'avait fait entrer à la résidence, et qu'elle fréquentait à l'école de Menton. Je me souviens encore de la terrasse, le soir, entre vingt heures et vingt-deux heures, où les cris de joie de Félicité résonnaient jusqu'au ciel. Les années ont passé, Félicité est devenue une adolescente et les garçons de la résidence ont commencé à s'intéresser à elle. Et à cette époque, crois-moi, ils n'allaient pas à la plage vider des bouteilles de bière ou de whisky. Je suis peut-être vieille, mais j'ai tout mon temps pour observer. Le matin, je me lève souvent tôt, j'aime bien m'asseoir sur ce banc. Même parfois nager quand il ne fait pas encore trop chaud. Et lorsque je descends jusqu'à la plage, les bouteilles n'ont pas encore été ramassées par ce nigaud de Lorenzo qui dort encore. »

Je suis perdu dans mes pensées. Je me demande si papa est « le garçon un peu timide qui restait à l'écart et jouait seul dans la piscine avec un ballon en mousse ». C'est difficile pour un petit bonhomme comme moi d'imaginer que son papa a eu, un jour, son âge. Peut-être qu'il n'a pas eu la chance de descendre au local des poubelles pour rencontrer son Gaspard. Moi, si je n'avais pas mon meilleur ami, je pourrais être ce garçon-là. Un enfant qui jouerait à l'écart de tous. Félicité ressemble à Alicia, ou « l'âge bête » est le même pour tout le monde, comme dirait maman les soirs de fugue.

« Tu m'as l'air ailleurs, Victor, me souffle la baronne un peu contrariée.

– Non, continuez s'il vous plaît, Hedwige.

– Bon, où en étais-je ? Ah oui, les garçons ! Et ne va pas croire que j'espionnais Félicité ! Mes enfants étaient encore petits et Charles souvent en voyage pour ses affaires, mais j'avais une vraie perle à demeure pour veiller sur eux : Églantine. J'aimais déjà m'asseoir sur ce banc, ou, le soir, regarder les enfants jouer entre eux sur la terrasse. Félicité et Clara étaient devenues inséparables. Et pour une raison qui m'a échappé, Félicité venait dorénavant chaque été avec la famille de Clara. Elle avait même une chambre dans leur appartement. Je ne me souviens pas d'avoir revu le petit garçon au ballon de mousse. Et je n'ai jamais rien demandé, trop inquiète pour les miens. Dès qu'Églantine venait me voir, je craignais le pire. Et j'avais raison. Je devais *sentir* ces choses-là. Dans notre famille on a toujours évité de poser des questions. Maman disait que ce n'était pas bien. Et moi, comme une idiote, je la croyais. Un matin, j'ai surpris Félicité dans les bras d'un garçon, tous deux allongés sur ce banc où ils dormaient encore. Je les ai chassés avec mon ombrelle tout en me souvenant que j'en avais fait autant à leur âge. Tu vois, c'est drôle, je me rappelle un petit garçon timide, mais j'ai oublié jusqu'au visage de celui qui m'a embrassée la première fois sur un banc pareil à celui-ci. Félicité ressemblait à la lumière des lampadaires qui attire les insectes pour mieux brûler leurs ailes. La petite fille dont le rire montait au ciel avait disparu. L'été où Charles m'a emmenée sur la côte amalfitaine, j'ai toujours pensé que l'accident qui s'était déroulé en notre absence à la résidence avait eu des répercussions importantes pour Félicité. Un enfant s'est noyé à la résidence cet été-là. Un enfant de l'extérieur, invité par Félicité, comme jadis Clara l'avait fait avec elle. J'étais trop bien élevée pour demander quoi que ce soit quand je suis rentrée. Ce qui est certain, c'est que Félicité n'a plus jamais été la même. Plus tard, je l'ai aperçue remontant de la plage, qui retirait des brindilles emmêlées à ses cheveux. Un garçon que je n'avais encore jamais vu la suivait à quelques mètres, la chemise sortie du pantalon, une bouteille de bière à la main. J'ai refermé les volets pour ne pas laisser entrer les moustiques et j'ai embrassé mes tout-petits dont le père encore absent me manquait tant. Il y eut d'autres étés ; le rouge à lèvres sur la bouche de Félicité était comme un fruit trop mûr qu'il fallait cueillir. Le soir, le rose rehaussait ses pommettes, les robes étaient plus décolletées, laissant ses épaules nues, couleur du pain perdu de mon enfance. La nuit, avec d'autres jeunes gens, elle faisait une virée en voiture au Jimmy's à Monaco. C'est là que Félicité a rencontré Côme, le baron de Loumières. Le lendemain, un camion livrait à la résidence deux cents roses rouges qui ne passèrent pas inaperçues. Le soir, sur la terrasse, je regardais dorénavant mes enfants jouer avec leurs camarades, à chat perché, 1, 2, 3, soleil, comme si je savais que cela n'allait pas durer. Cet été-là, Charles était avec nous, et dès qu'Églantine couchait les enfants, nous jouions au bridge jusque tard dans la nuit avec nos amis. Un soir où j'étais morte, je suis allée fumer une cigarette sous la pergola.

– Comment ça “un soir où vous étiez morte” ?

– Façon de parler, mon petit, c'est une séquence du bridge. Enfin, je ne jouais plus, si tu préfères !

– Ouf, je préfère. Continuez, Hedwige.

– Où en étais-je ? Ah oui, la pergola. J'ai vu Félicité et Côme sortir d'une voiture. Côme tenait Félicité par la taille, ses cheveux étaient en bataille. Félicité avait retiré ses chaussures qu'elle tenait à la main et son rire était doux. Je me suis écartée, mais je ne pense pas qu'ils se soient rendu compte de ma présence. Ils se sont embrassés à l'entrée de la résidence. Charles autrefois en avait fait autant, un baiser fougueux avant de me raccompagner chez mes parents. Je m'emballe un peu, là, oublie, mon garçon. Côme et Félicité se sont mariés deux ans après, mais n'ont pas eu le temps d'avoir des enfants. Et moi, j'ai perdu les miens l'année où Côme s'est tué en mer, heurté par un hors-bord alors qu'il nageait au large.

– C'est super triste votre histoire… Et vous avez revu Félicité ?

– Tu sais, nous n'étions pas du tout amies. Le drame, peut-être, aurait pu nous rapprocher. Je l'ai longtemps observée comme si j'avais su qu'un jour nous serions unies par le chagrin. Mais Félicité n'a pas accepté ce que la vie venait de lui retirer. Elle a hérité d'un appartement à la résidence et de la villa de Côme à Villefranche. Elle est retournée à sa vie d'adolescente tourmentée et a fait venir toutes sortes d'hommes dans son lit. On dit même qu'elle en ramassait parfois sur la route entre Roquebrune et Villefranche. Je ne crois pas qu'il faille la juger trop vite. C'était une femme malheureuse qui s'oubliait dans les bras de ses amants. Et comme tu me l'as dit, un jour, elle s'est tuée dans un accident sur la route qui la ramenait chez Côme à Villefranche. Mais je suis stupide ! L'appartement où vous êtes ta famille et toi, c'est celui de Félicité ?

– Oui. Papa en a hérité, mais il ne veut pas y mettre les pieds. Il dit que c'est trop douloureux.

– Comment s'appelle ton papa ?

– François.

– Non, ça ne me dit rien. Il était plus jeune que Félicité ?

– Je ne sais pas, madame.

– Hedwige, s'il te plaît ! Surtout après tout ce que je t'ai raconté. Je ne suis pas sûre d'avoir bien fait de te dire tout ça. Ton père devait beaucoup aimer sa sœur pour ne pas vouloir remettre les pieds dans l'appartement où elle a tant souffert.

– Le problème, c'est que personne ne nous parle de Félicité.

– Les secrets, Victor, c'est comme ces coquillages qui refusent de s'ouvrir. On ne sait jamais ce qu'il y a à l'intérieur. Je vais fouiller ma mémoire. Je dois bien pouvoir te retrouver d'autres souvenirs avec Félicité, peut-être même quelques photos. Mais ce sera notre secret, tu veux bien ? Je ne suis pas certaine que ta maman aimerait que tu en saches autant sur cette *mauvaise* personne.

– D'accord Hedwige. Mais quand on jure un secret, on doit cracher par terre.

– Ah vraiment ? Les temps ont bien changé.

Et la baronne qui, un court instant, n'en est plus une, tout en regardant à droite et à gauche, ouvre sa bouche, roule des yeux, et crache droit devant elle comme si elle s'exerçait depuis toute petite. Je n'en reviens pas. Je crache à mon tour et on se regarde comme deux bons amis qui ont réussi un tour. Puis tandis que le soleil apparaît sur le banc, la baronne déplie son ombrelle et tout en s'y abritant lâche : « Je n'arrive pas à croire que j'ai fait un truc pareil. »

Juré, craché. Si je mens, j'irai en enfer.
Eh bien, j'irai en enfer.

Un secret c'est trop lourd à porter. J'aurais pu tout raconter à Gaspard. Je suis sûr qu'il m'aurait écouté jusqu'au bout. Mais il m'aurait demandé ensuite de jouer au foot parce que mon secret n'en était pas un pour lui. En parler avec maman ce serait comme allumer toutes les plaques de la cuisinière et partir nager pendant deux jours au large. Même si j'adore poser des questions, je sais aussi me taire. La seule personne à qui je peux raconter tout ça, c'est Alicia. La seule qui s'intéresse vraiment à Félicité, à part moi. J'ai attendu qu'on remonte de la plage et, assis sur son lit, j'ai dit ce que la baronne m'avait appris sur la sœur de papa. Pour une fois, Alicia ne m'a pas coupé la parole. Elle n'a pas attrapé son portable pour envoyer des textos, MDR, PTDR, ☺. Elle a penché légèrement sa tête et bu toutes mes phrases, une par une, jusqu'au dernier mot. Je n'ai pas raconté que la baronne avait craché par terre et c'est bien le seul secret que j'ai gardé pour moi. J'ai remarqué que le baron de Loumières avait fait se redresser Alicia sur son lit, même si ma sœur est encore trop jeune, selon maman, pour prendre seule le bus Noctambus 100 qui part au-dessus de la caserne de pompiers jusqu'à Monaco. Je pense que ma sœur se reconnaît en Félicité. En vérité, Alicia est sentimentale, même si elle regarde des films de vampires. Dans le dictionnaire de maman, au mot sentimental, ça dit « qui est d'une grande sensibilité amoureuse ». Pour une fois je comprends, et ça convient autant à ma sœur qu'une flamme à la bougie. Et je ne regarderai plus ses films, ça fait trop peur. Moi, je préfère mourir plutôt que d'être mordu par un vampire.

L'été dernier, j'ai déjà été piqué par une guêpe que j'ai avalée avec ma tartine de confiture. Ma lèvre s'est mise à gonfler et ça me faisait très mal. Heureusement, mes mamans sont trop fortes. Rien ne peut m'arriver quand elles sont là. Maman a retiré le dard entre ses doigts et a approché sa cigarette à quelques millimètres de ma bouche pour éviter l'allergie. Pilar a pansé ma lèvre avec un tissu imbibé d'alcool à 60°. Je n'étais pas très rassuré, j'imaginais ma bouche déformée et grosse comme une cerise noire et tous mes copains à l'école qui allaient se moquer de moi. Alors, mordu par un vampire, ça jamais.

« Tu crois que papa est déjà venu ici ? me demande Alicia.

– Peut-être. Sinon, qui était le petit garçon qui accompagnait Félicité ? »

Alicia ne répond pas. Elle doit aussi penser que papa a eu mon âge, puis le sien. Et puis maman n'a pas d'album photos d'avant la séparation. Impossible de savoir à quoi ressemblait papa quand il était petit. Ou papa et maman quand ils se sont connus. La seule photo se trouve chez papa derrière un rideau, dans sa chambre. Une vieille photo que Félicité a peut-être prise dans le quartier de Montmartre.

« Et toi, tu ne me racontes pas tout. Les sœurs Couton m'ont parlé de Justine, ton amoureuse.

– Ce n'est pas mon amoureuse, je dis en rougissant comme une barquette de fraises. C'est juste une copine.

– Il est amoureux, il est amoureux ! chantonne Alicia.

– Arrête », je dis.

Je prends un oreiller sur son lit et je l'assomme avec.

« Ça, tu vas me le payer, Victor ! »

Et on monte sur le lit en se frappant à coups d'oreiller et on rit et on crie jusqu'à ce que l'un d'eux laisse échapper toutes ses plumes qui volent au-dessus de nous comme s'il neigeait dans la chambre. La porte s'ouvre brusquement.

Maman nous regarde, Alicia, le lit, les plumes et moi.

« Je vais refermer la porte et faire comme si je ne l'avais jamais ouverte. Bien sûr, je ne veux plus voir une plume traîner. Et si vous voulez goûter à mon gratin de pâtes, je vous conseille de me ranger tout ça fissa. Compris, les enfants ?

– Compris, maman », on dit d'une seule voix ma sœur et moi.

Et tandis que je ramasse toutes les plumes par poignées à se demander comment elles ont pu entrer dans un seul oreiller, Alicia m'apprend qu'Augusta s'est empoisonnée avec un plat de pâtes aux fruits de la mer dans un petit restaurant à Roquebrune. J'en mangerais ma poignée de plumes.

« C'est Lorenzo qui l'a entendu sur la plage en fin d'après-midi. Voldemor vaincue, tu penses, il était trop content de le raconter partout. »

Dans ma tête je remercie les anges, les lucioles et les fruits de la mer. Ce soir, en descendant les poubelles, j'annoncerai la bonne nouvelle à Gaspard. Pas besoin d'empoisonner le vieux crapaud. Ni de dérober la clé. Demain, je revois Justine. Après les poubelles, nous irons, Gaspard et moi, déposer un mot sous le banc pour ma petite fée aux yeux verts. Et il ne faudra pas oublier de poser un gros caillou dessus pour qu'il ne s'envolc pas. Pourvu que Justine s'en souvienne!

MAMAN ME DEMANDE si je révise mes devoirs. Je dis « oui » pour qu'elle n'entre pas dans ma chambre, à Bourg-en-Bresse. Ce n'est pas facile d'écrire un livre quand on a neuf ans. Tout le monde me prend pour un enfant sage et studieux. D'ailleurs, bizarrement, je n'ai jamais eu autant de bonnes notes à l'école, alors que je révise mes leçons à la torche sous le drap de mon lit. C'est le seul moyen pour avoir la paix et finir mon roman. Je joue avec ma mèche blonde comme si je cherchais un peu d'inspiration. Et pourtant je me souviens de tout. Du moindre détail comme si j'avais toujours su que j'en ferais un livre. Le jour où Gaspard, Justine et moi avons visité la Villa Cyrnos avec les jumeaux est aussi celui où est tombée cette étrange pluie dont tous les journaux ont parlé le lendemain. Des équipes de télévision se sont même déplacées, mais trop tard pour filmer quoi que ce soit. Et tout ce qui a été enregistré par les portables n'a servi à rien. Il fallait être à Roquebrune ce jour-là, et j'y étais.

AVANT DE RETOURNER à ses pinceaux, Pilar a préparé un café chaud, des tartines encore tièdes dans le grille-pain, et nos oranges pressées dans des verres à moutarde sur la table de la cuisine. En m'attendant, Maman a commencé un nouveau livre. Je ne lui demande jamais de quoi ça parle, surtout quand elle est en train de lire. Sinon elle me regarde avec ses yeux de maman fâchée qui ne sait plus où elle en est. Moi, si je le fais, c'est parce que je veux être sûr qu'elle m'aime toujours, plus que tous ces livres qui prennent tout son temps. Des fois, j'aimerais être un roman pour ne plus quitter sa main. Et bientôt, je le serai. J'attends qu'elle soit distraite par une mouche qui se pose sur la page ou sur sa tartine. Et je lui dis : « Ça parle de quoi celui-là ? » comme si ça m'intéressait autant que les leçons de M. Julien, mon prof de natation. Mais maman lit trop et je mélange un peu tout. J'en oublie les titres. Et quand je rencontre l'écrivain que maman a lu et aimé, je n'ose rien dire de peur de me tromper d'histoire. Même que le monsieur ou la dame viennent souvent dédicacer leur livre dans la librairie. Maman dit : « Quand on aime, on ne compte pas. » Pourtant, chaque matin à la librairie, elle vérifie sur la caisse son chiffre de la veille. Je me demande ce qu'aurait été la vie de maman sans les livres. Je crois que toutes ces belles histoires l'empêchent de penser trop à papa qu'elle aime encore. À moins que mon papa se confonde avec celui du roman. Elle vit toutes ces vies comme les siennes, traversant les siècles et les pays, en suivant des yeux cette encre noire qui fait battre son cœur et parfois la fait sangloter. Moi, je pleure quand je tombe de vélo. Un vrai bobo qui se voit, lui, avec mercurochrome et sparadrap. Maman verse une larme pour un personnage qui n'existe pas, sauf dans la tête d'un écrivain. Le pansement de maman est un carré de chocolat ou une cuillère de *dulce de leche* qu'elle avale avec ses larmes. Quand on regarde les films, par contre, je sais quand maman ou Pilar vont pleurer. À cause des violons et de tout l'orchestre qui s'emballent quand la dame apprend qu'elle a perdu son bébé ou quand le monsieur s'en va avec une autre femme, plus jeune que lui. L'émotion est comme un ascenseur qui n'arrête pas de monter. Il n'y a que les larmes pour le faire redescendre. Je tartine mon pain grillé de beurre et de confiture de figues. Tout en lisant son livre, maman a tendu une main dans laquelle je dépose ma tartine.

« Quand on aime, on ne compte pas. »

Alicia dort encore. Hier soir elle a dîné à Carnolès avec Lorenzo et les sœurs Couton sur le bord de mer. Avant de me coucher, je les ai vus partir à la plage avec des bouteilles de bière à la main. La bière, ça ne sent pas bon. On dirait des chaussettes sales, oubliées au fond du panier à linge. Alicia ne descendra pas avant midi, cachée derrière ses lunettes noires, puis sous le parasol bleu, fouillant dans le sac des mamans pour y trouver de l'aspirine. Et elle jettera un regard noir au soleil comme s'il frappait à sa tête pour y entrer. Seules quelques brasses dans l'eau fraîche lui rendront le sourire pour qu'enfin, elle puisse retirer ses lunettes noires et se rendre compte que je suis là.

Pilar vient de nous rejoindre sur la plage. Il reste un peu de peinture sur sa main gauche. Elle s'allonge sur le transat près de maman, allume une Vogue qu'elle tend à maman, puis une deuxième qu'elle porte à ses lèvres. Je regarde la fumée s'envoler de leurs bouches comme la buée quand il fait froid. Une goutte d'eau tombe sur le sommet de mon crâne. Je lève la tête vers le ciel guilleret, sans le moindre nuage. J'entends maman dire : « J'ai reçu une goutte » tout en nous montrant la tache sur la page de son livre qui lit un mot à sa place. Puis d'autres gouttes dégringolent du ciel bleu et bientôt seule Alicia sous son parasol n'est pas mouillée. Une pluie chaude sans nuages que le béton boit aussitôt. Peut-être que les nuages se sont cachés derrière le bleu du ciel et qu'ils jouent à 1, 2, 3, soleil, trop occupés pour se montrer. Et au moment même où la pluie s'arrête, mon regard s'agrandit en observant le ciel. La pluie tombe encore, mais elle s'évapore avant de toucher le sol. Sur la plage, tout le monde s'est levé et regarde cette eau qui s'évanouit en l'air. Même Alicia, qui en oublie son mal de tête. Je me dis que c'est la fin du monde comme dans les films catastrophes. Je m'attends à voir une vague de trente mètres nous faire tous disparaître. Mais la mer scintille sous le soleil, quelques planches à voile glissent à sa surface. Maman en a posé son livre, sans remettre le marque-page de sa librairie dedans. Elle va râler après. Alicia dit juste : « La vache! » comme si c'était ce qui nous tombait dessus. Pilar prend maman par le bras.

« J'ai connu cela au Mexique, il y a des années. En fait c'est une pluie de pays chaud. L'air est si brûlant qu'il sèche l'eau de pluie avant qu'elle ne touche le sol.

– Mais Pilar, dit maman, on n'est pas au Mexique ! C'est absurde !

– Ne t'inquiète pas, tout va s'arrêter, Claire. »

Rosita s'approche de nous. Elle garde ses mains bien enfoncées au fond de sa blouse comme si elle y cachait un trésor. Ou alors, elle s'est cassé un ongle comme Alicia. Ses yeux fixent le ciel. Elle s'attend au pire. Le rideau de pluie devient rose. Pilar le photographie avec son portable. Puis le rose pâlit et tout s'efface. Au-dessus de nous, tout redevient comme avant, à part nos airs inquiets. Et si la nuit tombait en plein jour ? Si soudain une pluie d'insectes dégringolait du ciel ? J'entends Rosita marmonner : « Bon ben moi je vais aller me boire un petit Fernet-Branca. » Pilar dit : « Excellente idée », et le temps de rentrer les serviettes dans notre cabine nous suivons la gardienne. Le soleil haut perché vient de sonner l'heure chaude. Remonter le sentier revient à s'allonger dans un four à côté du rôti qui cuit avec les carottes. On transpire tous à grosses gouttes, surtout Rosita qui s'essuie régulièrement le front avec la manche de sa blouse. Les marches de l'escalier ont sûrement été construites par des géants à tête de pois qui se fichaient de nos efforts pour les escalader. Les feuilles des palmiers, qui sont agitées par un vent chaud, essayent de nous transpercer. Sur la grande terrasse, déserte à cette heure, je remarque pour la première fois les rares pierres noires sur le damier brun et blanc comme un gigantesque jeu de dames. Je sens la chaleur des pierres traverser mes sandales. La fraîcheur du hall me saisit derrière la porte-tambour. Je m'y allongerais bien. Je viens d'apercevoir Justine avec ses parents, arrivant tous les trois de l'extérieur. Gisèle de Vallon-Tonnerre sourit à maman et lui dit : « Vous avez vu cette pluie ? Incroyable ! » Justine en profite pour me rejoindre. Elle se hisse sur la pointe des pieds et me glisse à l'oreille : « J'ai trouvé ton mot sous le banc. Je t'attendrai ce soir à dix-sept heures à l'entrée du chemin des douaniers, derrière la piscine. » Je sens son souffle chaud me chatouiller les oreilles. Je pourrais fondre sur place. Je n'ai même pas vu les familles disparaître. Je suis tout seul dans le hall de la résidence, les yeux encore fermés, j'attends que Justine me chuchote autre chose, sa petite bouche collée à mon oreille.

Et j'entends brailler Alicia : « Victor ! Arrête de faire le con. On se demandait où tu étais passé ! »

Chez Rosita, ça sent la frite, le tabac et les violettes. Je bloque ma respiration pour ne plus rien sentir en dehors du Coca où j'ai plongé mon nez. Alicia est assise sur la pile de *Point de vue,* comme Lorenzo, habituellement. Mais pas de Lorenzo à cette heure-ci, « parti faire le joli cœur », dit Rosita avec un grand sourire de maman fière tandis qu'Alicia la tue avec ses yeux bleus fâchés. Pilar ferme les siens et boit son Fernet-Branca en respirant les odeurs de son enfance. Alicia a versé discrètement son verre dans une plante verte qui, à mon avis, va mourir. Maman dit « c'est délicieux », mais elle noie le Fernet dans du Coca. C'est bien un truc de grands : dire le contraire de ce qu'ils pensent. Rosita, elle, entrouvre ses rideaux, son verre à la main, et regarde le ciel avec méfiance. Dehors le plafond est bleu, un bleu sans danger, sans nuages pour craindre le pire.

JUSTINE EST APPUYÉE contre le mur du chemin, sous la piscine. Elle porte un short bleu marine et un polo vert avec un dragon rouge sur le côté. En face, à travers les grillages troués, on voit les toits des parasols. Elle nous fait de grands signes, à Gaspard et moi. On s'embrasse sur les joues et je retiens son baiser sur moi comme deux papillons doux aux lèvres roses. Je suis le petit garçon le plus heureux de la terre, je pars à l'aventure avec mes deux meilleurs amis. Je montre l'arbre mort à Justine qui n'hésite pas à se cacher dans le tronc. Un instant je pense la perdre pour toujours à cause du diable qui l'aurait emportée sous terre, mais elle ressort de l'arbre, écarte ses bras en criant : « Ta da », et nous rejoint sur le sentier. Et juste après le pont qui traverse la Villa Cypris, nous retrouvons les jumeaux assis sur un muret, qui nous attendent en se racontant des secrets à l'oreille. J'aimerais bien savoir lesquels. Comme d'habitude, ils ne sourient pas en nous apercevant. Je remarque leur peau claire, boudée par le soleil. Je leur présente Justine et Gaspard et nous continuons notre route ensemble. Les jumeaux sont habillés en blanc aujourd'hui. Ils portent les mêmes baskets, des chaussettes basses, shorts et polos sans marque dessus. Seuls leurs cheveux courts coupés pareil et leurs yeux ont la couleur de l'arbre mort. Gaspard est très impressionné et leur pose plein de questions.

Oui, ils aiment les mêmes jeux, comme Le Lynx, Le Détective malin ou À l'école des fantômes. Non, ils n'ont pas d'amis et n'en ont pas besoin. Oui, si l'un se blesse, l'autre ressent la même douleur. Non, ils n'aiment pas l'école parce qu'on se moque souvent d'eux mais ils ont promis à l'oncle Théo d'y rester et d'être les meilleurs, ne serait-ce que pour donner aux autres élèves une bonne raison de les détester autant. S'ils s'habillent pareil c'est pour qu'on les aime à l'identique. Et pour ne donner à personne l'idée de vouloir les différencier l'un de l'autre. Quand ils étaient plus jeunes, ils avaient un langage secret que personne ne pouvait comprendre. Ils ont tout oublié. De toute façon, aujourd'hui ce n'est plus la peine. Ils se comprennent souvent sans dire un seul mot.

Le sentier se rétrécit. D'un muret surgit un arbre dont le pied est enfoui sous la pierre. Il nous barre le chemin. Pour passer, il faut s'accroupir. Ça fait rigoler Gaspard. Sur la gauche du tronc couché, les branches se mélangent à la broussaille et retombent au-dessus de la mer. On dirait des bras et mains nus qui essayent désespérément d'attraper le vide. Un peu plus loin, un arbre est déraciné. Toutes ses lianes arrachées sont des serpents figés dans leur élan comme si une sorcière avait jeté un mauvais sort. Sa chute a été arrêtée par d'autres arbres plus puissants, comme lorsque des fans rattrapent une star qui se jette de la scène dans les bras de son public. Justine a emprisonné ma main et la chaleur de sa paume me transperce. Je n'ai peur de rien, ni des sorcières ni du diable. Qu'ils viennent, je suis invincible. Tom nous sourit.

Un joli sourire qui illumine son visage de corbeau un peu triste. Nathan marche en premier et ne s'est pas retourné une seule fois. Face à lui encore un gros arbre qui enjambe le chemin. Je connais cet arbre. Il ressemble à l'un des tableaux de Pilar. Son tronc allongé est assez haut pour nous laisser passer en dessous. Ses nombreuses branches sont chargées de feuillages qui nous cachent la mer. La terre à cet endroit est presque rouge et parsemée de petits cailloux. Un petit Poucet en remplirait ses poches.

« Nous allons entrer par ici », dit Nathan.

Une porte s'est ouverte au milieu du grillage. Et au-dessus, des barbelés tout rouillés qui me font un peu peur.

« La villa est tout en haut, dit Tom. Prenez votre temps, ça grimpe fort. »

Le sentier avance entre des herbes hautes et sauvages. On se suit l'un derrière l'autre à petits pas. Les cailloux blancs s'enfoncent sous mes baskets. Des rochers surgissent parfois entre les herbes, pareils à d'énormes crânes chauves et blanchis au sommet. Des racines ondulent pour mieux nous faire tomber. Gaspard s'y prend le pied et s'étale sur Tom qui le retient par le bras et lui demande si tout va bien. Je me demande en quoi est fait mon petit corbeau noir qui n'a pas trébuché avec Gaspard. Mon pied disparaît soudain dans un trou, bientôt recouvert de fourmis noires qui me grimpent sur les mollets. Je secoue mes jambes et en chasse avec mes mains, sans leur faire de mal. À la campagne, chez mes grands-parents, je leur donne souvent des miettes de pain qu'elles portent sur leur dos jusqu'à leur maison. La Villa Cyrnos tarde à se montrer. Si quelqu'un venait à nous chasser, je ne vois pas comment je pourrais courir alors que je mets péniblement un pied devant l'autre. C'est la deuxième villa que je visite avec les jumeaux et je réalise que nous entrons encore par l'arrière. Je connais l'entrée principale de toutes ces villas. Avec maman, nous nous y sommes arrêtés un moment avant de faire les courses au Spar. La route des villas commence derrière une barrière rouge et blanc. À côté, sur un mur, une plaque en marbre indique le « Domaine privé du Cap-Martin » et juste en dessous un sens interdit précise « Sauf aux résidents ». Maman a juste dit : « Dépêchons-nous d'aller au Spar avant que ça ferme », comme si cette barrière rouge et blanc l'impressionnait. Moi je me demandais qui pouvaient bien être les résidents. Je suis passé sous la barrière et j'ai continué sur la route du domaine privé du Cap-Martin. Je n'entendais que mes pas et les cigales bien cachées dans les arbres. Sur mes routes à moi, il y a des voitures qui klaxonnent, des vélos qui grimpent les côtes, et Pilar qui insulte parfois les camions qui la doublent avec des gros mots faisant rougir maman. Mais sur celle du domaine privé, pas un vélo, même pas une dame qui sort de sa maison. Je pense que toutes ces villas sont pleines de gens très seuls qui se laissent mourir parce que personne ne vient les voir. Et puis maman a chanté plus fort que les cigales et j'ai couru jusqu'à la voiture pour ne pas trop me faire disputer. En grimpant ce sentier incliné de la Villa Cyrnos, j'appréhende la maison et ses habitants qui ne feront de nous qu'une bouchée. Et puis soudain, le sentier se transforme en jardin avec de petits murets de pierre et des fleurs de toutes les couleurs. Justine en cueille trois qu'elle accroche à ses cheveux sous sa barrette.

« Tous les jardins ont bien failli disparaître, dit Nathan. Peu avant sa mort, l'impératrice Eugénie a convoqué son jardinier et lui a demandé d'arracher les plus belles plantes et fleurs.

– Pourquoi a-t-elle demandé une chose pareille ? demande Justine.

– Elle ne souhaitait pas que son héritière la duchesse d'Aoste en profite. Elle la détestait.

– Mais c'est horrible ! lâche Justine. Et le jardinier a tout détruit ?

– Non, il a démissionné. Il avait consacré tant d'années à la réalisation d'un si beau jardin. Alors Eugénie a fait venir des ouvriers extérieurs. Elle ne vit jamais ce qu'ils avaient détruit. Elle était retournée mourir en Espagne. La duchesse d'Aoste demanda à Ferdinand Bac de reconstruire le jardin à l'identique. Elle en profita peu, car la villa fut ensuite vendue à un officier de l'armée anglaise.

– Comment sais-tu tout ça ? demande Gaspard.

– Tom et moi, on a toujours aimé l'histoire. »

La Villa Cyrnos nous tourne le dos. On dirait une grosse dame géante qui boude parce qu'on n'arrive pas du bon côté. L'ombre que ses murs projettent sur nous me fait sursauter. J'ai cru voir quelqu'un. Ce n'était que moi. Je regarde ma silhouette s'agrandir au fur et à mesure que j'avance. Le bruit des cailloux sous mes pas fait taire les oiseaux. Toutes les persiennes blanches sont fermées, à l'exception de l'une d'entre elles, au premier étage. Je m'attends à voir surgir une Augusta furieuse avec un fusil entre les mains, nous tirant dessus comme des petits lapins pour son repas du soir. Je me sens aussi petit qu'un brin d'herbe devant cette villa immense, avec ses colonnes qui abritent des terrasses où il doit être agréable le soir de contempler les lucioles. Les fenêtres sont très hautes. Je plains la dame qui fait les carreaux. En plus elle doit se perdre dans cette villa où il y a sûrement autant de pièces que de jours dans l'année. Des arbres et des plantes entourent la maison, comme un écrin protège une perle.

« Qu'est-ce que vous faites là ? »

La voix résonne dans mon dos et me terrifie. Je sens mes jambes trembler. De toute façon, je n'ai pas le choix. Je me retourne. Un vieil homme barbu, en short et tee-shirt tout taché, casquette enfoncée sur la tête et sandales aux pieds, me fait face, un râteau à la main. Justine et Gaspard se sont collés à moi. Je ne vois pas les jumeaux.

« On s'est perdus, je dis.

– C'est une propriété privée. Vous n'avez rien à faire ici.

– Désolé monsieur, on ne savait pas.

– Vous êtes entrés comment ?

– Par le chemin des douaniers. La porte était ouverte.

– Ça, mon petit bonhomme, c'est un mensonge grand comme toi. Personne n'entre par cette porte. Il n'y a qu'une clé et, tu vois, elle est là, dans ma poche. »

Et le vieil homme me montre la seule clé avec laquelle on peut entrer par l'arrière de la Villa Cyrnos. Une clé toute rouillée. Je n'ose pas parler des jumeaux. Ils ont dû apercevoir le vieil homme avant moi et s'enfuir.

« Je vous jure que la porte était ouverte, je gémis. Comment on serait entrés sinon ? »

Le vieil homme se caresse le menton d'une main.

« Je vais redescendre avec vous par ce chemin et nous verrons bien. En tout cas, pas question que vous remettiez les pieds ici. Ça ira cette fois-ci, parce que vous êtes des enfants. Sinon je n'aurais pas hésité à appeler la police. La prochaine fois, c'est ce que je ferai. Compris ?

– Compris, monsieur », je dis.

J'ai un peu de mal à avaler ma salive. J'imagine la tête de mes mamans si des policiers nous ramenaient à la résidence. Et celle des parents de Justine qui m'interdiraient sûrement de la revoir. Comme si Justine avait entendu mes pensées, elle me prend la main et ne la lâche plus jusqu'au chemin des douaniers. La terre et les cailloux glissent sous nos pas. On descend beaucoup plus vite qu'on est montés. Tant pis pour les racines et les trous que j'évite comme je peux. Gaspard ne dit rien de toute la descente. Il est si pâle que son bronzage a disparu. La porte de la grille est ouverte. Le vieux barbu n'en revient pas et nous laisse partir sur un dernier avertissement. Sur le sentier, je me sens plus léger. Mon cœur ralentit. Les jumeaux ne sont pas là. Et tandis que Gaspard retrouve ses couleurs et que nous remontons le chemin en direction de la résidence, Justine éclate de rire.

« Je ne me suis jamais autant amusée, même si j'ai eu très peur. Pas vous ? »

On se regarde avec Gaspard. Le vieux et son râteau nous ont foutu la frousse. Mais Justine a raison. C'était une chouette balade.

« Et ils sont passés où, les jumeaux ? demande Gaspard.

– Je ne sais pas, je réponds.

– Ils étaient juste à côté de moi, dit Justine. Quand j'ai entendu cette grosse voix nous demander ce qu'on faisait là, je me suis rapprochée de vous deux. Je n'ai plus pensé à eux.

– En tout cas, ils ont fait vite, dit Gaspard. C'est étonnant que personne ne les ait vus s'enfuir. »

Nous marchons du même pas. Un papillon jaune et violet se pose sur ma tête. Ça fait rire Justine. Ses papillons à elle sont les fleurs cueillies à la Villa Cyrnos et glissées sous sa barrette. Arrivé à l'arbre mort, je m'arrête et y plonge la main. Mais il ne contient aucun message. Je revois Tom se retourner et sourire quand je tenais la main de Justine. Pourquoi ne nous ont-ils pas attendus sur le chemin des douaniers ? Et surtout comment sont-ils entrés sans clés dans la Villa Cyrnos ?

LA DERNIÈRE FOIS que j'ai vu papa, c'était à Paris, juste avant de partir en vacances.

Pilar m'accompagne jusqu'au train. Elle attend même qu'il soit en gare, avant de déposer ma petite valise sur le porte-bagages, à l'entrée du wagon. Avant de s'en aller, Pilar me donne un billet de cinq euros pour acheter des Haribo et un Coca. Et elle dit : « N'oublie pas de nous appeler quand tu es à Paris », comme si le train pouvait dérailler ou pire. J'ai très envie de faire pipi, mais il faut appuyer sur un bouton pour que la porte s'ouvre et ça ne marche pas. J'ai beau insister, les toilettes restent coincées. Et puis j'ai peur qu'une fois dedans, je le sois pour toujours. À deux heures de papa, j'observe le paysage filer à toute vitesse et à l'envers. La dame assise à côté de moi regarde un film sur son ordinateur. Le genre de film que maman et Pilar adorent, très romantique, avec des gens qui s'aiment mais qui attendent la fin du film pour se le dire. Alicia déteste, elle trouve que ça manque d'action. Enfin, elle dit ça, mais elle les regarde quand même avec nos mamans jusqu'à la fin. Moi, je jette un coup d'œil sur une petite maison sans personne aux fenêtres et avec un grand champ plein de vaches. La dame du train me sourit et tourne son ordinateur pour que j'en profite. Mais sans le son, je ne comprends rien. Je me lève pour acheter mes Haribo et mon Coca et je trouve enfin des toilettes avec une porte coulissante, et c'est moins une. Je fais pipi en dehors de la cuvette et je pars comme un voleur, bien content que personne n'attende derrière la porte. Je marche bizarrement à cause du train, tout de travers comme si j'avais bu les bières d'Alicia. Je n'en ai jamais vraiment bu, juste une gorgée de vin rouge un jour dans le verre de Pilar, et le fond d'une bouteille de bière qui traînait dans la chambre d'Alicia. Dans les films, en tout cas, ceux qui le font pour de vrai marchent comme moi dans le train. Je me tiens aux bras des fauteuils, j'enjambe un pied ou une valise pas rangée, les deux au milieu du couloir. Je retourne à ma place avec mon Coca et mes Haribo. La dame se lève avec son ordinateur pour me laisser passer et quand elle se rassoit elle ne sait plus où elle en est de son film. Je regarde ma montre et la grande aiguille Peter Pan m'indique que je suis à une heure de papa. Derrière la vitre du train, il y a des rivières, la campagne, des villages avec un clocher qui dépasse toutes les maisons. Et des gens aussi grands qu'un paquet de Vogue. Voyager à l'envers me donne l'impression que toutes ces personnes sont aspirées par la bouche énorme d'un géant. Un géant très gourmand qui mange aussi les rivières, les villages, la campagne, les vaches et les clochers. Et puis le train arrive à Paris. La dame reste dans le wagon, son film n'est pas fini. Papa m'attend sur le quai avec son appareil photo autour du cou. Il attrape ma valise avant de me prendre dans ses bras de papa très fort qui me soulève comme si j'étais en confettis. La tête sur son épaule, je sens son odeur de papa poivré, tandis que sa main décoiffe ma mèche blonde. Je râle. Un taxi nous dépose rue Mayran et papa porte ma valise jusqu'au quatrième étage. Dans l'entrée, la girafe en fer est coiffée de son chapeau en feutre. Tout est bien rangé, pour une fois. Il y a même des fleurs sur la table du salon entre les piles de beaux-livres. Le soleil entre par les fenêtres ouvertes et s'allonge comme un gros chat sur la moquette verte. Papa ouvre son frigidaire en se grattant la tête. Puis il me propose d'aller au McDo pour le déjeuner et je dis : « Oui, à condition de ne pas en parler à maman. » À Bourg-en-Bresse, c'est interdit. Maman dit que ce n'est même pas une nourriture à donner aux cochons. Je prends le portable de papa et j'appuie sur *amour*. Maman, toute contente que je l'appelle, me demande papa. Ça ne dure que quelques secondes pendant lesquelles papa dit « oui, bien sûr, moi aussi, à bientôt ». Après le McDo spécial bacon, double frites, et grand Coca avec paille, on va au cinéma voir *Blanche-Neige et le Chasseur.* La sorcière me fait glisser de peur dans mon fauteuil. Papa a dormi presque tout le film. Ça lui arrive souvent quand on va au cinéma ensemble. Moi quand je suis dans le film, je veux savoir comment ça se termine. Et rien ne peut m'en détourner, ni une caresse de maman qui me fait grogner ni les chatouilles de Pilar qui me donnent envie de dire des mots qui ne sont pas dans le dictionnaire. Papa, lui, me demande la fin quand il se réveille. Il dit : « Pourquoi résister au sommeil quand il vient ? » Ça craint, je trouve. Des fois, je comprends pourquoi papa et maman n'habitent plus ensemble. Ce n'est pas drôle de regarder un film avec quelqu'un qui dort au lieu de partager le film et le pop-corn. On marche tous les deux sur les grands boulevards. Papa me prend en photo. Je tire la langue. Dans une boulangerie papa m'offre une religieuse au chocolat, mon gâteau préféré avec le *dulce de leche* de Pilar. Je mange la tête de la religieuse avec ses cheveux en crème chantilly. Papa pose son bras sur mes épaules et avale tout rond le reste de son éclair au chocolat. J'ai de la chance d'avoir un papa aussi cool qui aime aussi jouer avec mes consoles pendant des heures. J'avale le gros ventre de la religieuse et je dis à papa : « Tu me manques. » Papa me répond : « Mais je suis là, mon petit bonhomme. » Alors je dis : « Non, pas quand je rentre de l'école ni les dimanches où on s'habille *crapouille* à la maison. » Papa retire son bras et enfonce ses mains dans les poches de son pantalon. Il soupire : « Combien de fois on a eu cette conversation, Victor ? Tu sais bien que ce n'est pas possible. La vie ne ressemble pas aux films qu'on regarde ensemble. Et puis ta maman est heureuse maintenant avec Pilar. Et moi, je peux vous voir, Alicia et toi, autant que je veux. Même si je suis souvent en reportage, je pense à vous tout le temps. »

Comment il peut savoir que la vie ne ressemble pas aux films qu'on regarde ensemble, puisqu'il dort pendant ?

Je prends sa grosse patte d'ours et je la remets sur mon épaule. J'ai encore perdu une occasion de me taire. Des fois c'est mieux de garder ses pensées pour soi, comme font les grands. Au coin d'une rue, des gens se sont rassemblés près d'une chanteuse et de deux musiciens aux longs cheveux attachés avec un élastique. Je dis d'une traite à papa : « Tu sais, c'est juste que j'aimerais qu'on vive tous ensemble, c'est tout. » Papa se penche et me chuchote à l'oreille : « Mais moi aussi », et il jette une pièce d'un euro dans la boîte à violon qu'il photographie, un petit cercueil à pièces dans lequel j'aimerais disparaître pour toujours.

Pilar ne peindra pas ce matin car nous partons à Cannes sur la plage de sable. Maman entoure les sandwichs au jambon-fromage et au pâté-cornichons de papier d'aluminium. Luigi nous rejoint dans l'après-midi, après le déjeuner qu'il doit servir au Piccadilly. Alicia est déjà assise, la tête dans son bol de café au lait. Et faut pas lui dire un mot, sinon elle lève la main. Pilar remplit la glacière avec de l'eau, du Coca et du jus d'orange, des œufs durs, des tomates et du raisin noir. Je suis tout excité car Gaspard et Justine viennent aussi avec nous. C'est maman qui a eu cette idée. Maman qui voit tout. Gisèle de Vallon-Tonnerre a dit oui. Et le papa de Gaspard aussi, sous sa grosse moustache qui le fait ressembler à un gendarme de Saint-Tropez. Maman adore les films avec Louis de Funès. On dirait que le monsieur qui grimace est monté sur ressorts. Et il fait des tas de bêtises, pire que papa. En tout cas, c'est ce que maman dit. Justine nous attend dehors sous la pergola, accompagnée d'Augusta, toute pâle sous son chapeau mou de sorcière. Cela fait deux jours que le vieux crapaud ne s'est pas montré à cause des fruits de la mer pas frais. Elle fait un signe à maman sans ouvrir ses lèvres. Sans doute à cause des coquillages et des calamars qui risqueraient de s'en échapper. Et sans un mot pour Justine non plus, elle disparaît par l'entrée de la résidence. Gaspard me glisse à l'oreille qu'il sait où sont cachés les somnifères de sa maman au cas où nous viendrait l'idée de l'endormir pour de vrai, et ça nous fait rire. Justine s'avance vers nous dans sa petite robe verte. Le soleil s'amuse avec ses longs cheveux blonds qui retombent sur ses épaules. Quand elle m'embrasse sur la joue, mon cœur change de place. Maman et Pilar sont montées à l'avant, nous tous à l'arrière, les portes claquent et la résidence disparaît dans un tournant. Alicia s'est collée à la portière. Elle regarde le bord de mer et les galets qui bientôt se changeront en sable. Justine est assise entre Gaspard et moi et, dans les tournants, je m'accroche à l'appui-tête de maman pour ne pas écraser Alicia. Et je fais exprès de laisser mes mains sur mes genoux quand ça penche vers Justine qui rigole à chaque fois. Maman s'est garée dans un parking qui sent le pipi et on est bien contents d'en sortir, même s'il faisait plutôt frais dedans. Pilar porte la glacière et maman le sac des serviettes de plage. Alicia a glissé les deux parasols sous son bras et Gaspard et moi, on tient serrés contre nous les sacs de mes mamans. Justine, elle, soulève le sien, préparé par Augusta, qui a l'air de peser aussi lourd qu'un camion. On croise des tas de gens en maillots de bain et en tongs, ou des ados en skate qui se retournent sur Alicia. Une dame aux longs cheveux blancs attrape maman par le bras et veut lui lire les lignes de la main. Maman dit : « Non merci, j'ai tout ce qu'il faut à la maison », tout en souriant à Pilar. Sur la croisette, ça sent la gaufre, la saucisse et la crème solaire. Des petits vieux tout habillés sont assis sur des chaises bleues et regardent vers la mer sans se parler. Ils ont l'air tout heureux. Je me dis qu'on n'est pas toujours obligés de se parler pour l'être. Un peu comme mes mamans quand elles regardent un film ou lisent un livre dans la même pièce. On arrive à notre plage qui s'appelle MonNuage. En bas des escaliers, je retire immédiatement mes tongs pour sentir le sable sous mes pieds. Et je les remets aussitôt, c'est trop chaud ! Maman et Pilar sortent les serviettes et les étalent sur le sable comme un grand dessus-de-lit qui aurait les couleurs de l'arc-en-ciel. Gaspard, Justine et moi, on est déjà en maillot de bain et on court vers la mer en criant à cause du sable qui brûle les pieds. La mer est tiède comme un bain. Aucun de nous trois n'a pensé à se mettre un peu d'eau sur la nuque et les bras avant de plonger comme un dauphin. Gaspard m'envoie une gifle d'eau, j'en fais autant. L'espace entre nous bouillonne comme un petit sous-marin qui ferait surface. Justine nage à côté de nous, sur le dos, tandis que j'avale un peu d'eau salée, distrait par ma sirène. En deux brasses, je la rejoins.

« Tu penses à quoi ? je dis.

– À cette belle journée, à rien, à la fin des vacances.

– Ça ne sert à rien de penser à la fin des vacances. Il nous reste encore des tas de belles journées devant nous. Et celle-ci vient tout juste de commencer. Tu nages avec moi jusqu'à la bouée jaune ?

– Tu as raison. Le premier arrivé à la bouée jaune a gagné. »

Je regarde Justine se retourner dans l'eau, agile, plus gracieuse que ma tortue Katouta qui coulerait comme un gros caillou. *Le premier arrivé à la bouée jaune a gagné.* Oui, mais que gagne le premier arrivé ?

Un baiser ?

Jamais je n'oserais le demander à Justine. Je la laisse prendre de l'avance. Elle décidera en gagnant. Gaspard barbote à mes côtés. Lui aussi regarde Justine. Je n'aime pas trop.

« T'inquiète, me dit Gaspard qui lit dans mes pensées. Vous nagez aussi bien l'un que l'autre. Moi je vous attends, la bouée est trop loin. J'ai un peu peur quand je n'ai pas pied. Allez, qu'est-ce que tu attends ? Tu ne vas pas la laisser gagner quand même ! »

Et Gaspard me pousse en direction de Justine. Je nage le crawl comme me l'a appris mon professeur à Bourg-en-Bresse, M. Julien : « Crawler, Victor, c'est ramper. Tu prends l'eau devant toi avec les mains et les bras, et tu la pousses derrière ton corps. » J'allonge mes pointes de pieds, une seule jambe travaille à la fois, mes chevilles sont souples et détendues, un léger battement régulier m'emporte vers Justine. Je tourne légèrement ma tête, juste pour respirer un peu d'air avant de m'enfoncer à nouveau dans la tiédeur de l'eau salée. Je dépasse bientôt Justine et touche la bouée jaune en premier.

« Prem's, je dis.

– Tu es incroyable, souffle Justine. Je n'ai jamais vu quelqu'un nager aussi bien ! »

Je ne réponds pas. M. Julien est un super professeur. Je lui dois beaucoup.

Grâce à ses leçons, j'aime nager et je n'ai jamais peur dans l'eau même quand je n'ai pas pied, contrairement à Gaspard. Et chaque semaine, j'attends avec impatience les leçons au Carré d'eau où je m'amuse beaucoup plus qu'à l'école. Un jour, peut-être, je serai champion de natation comme Alain Bernard. C'est ce que pense M. Julien qui a fait des compétitions. D'ici quelques années, je pourrai intégrer une équipe sportive si maman veut bien. J'ai demandé à M. Julien d'attendre un peu avant de lui en parler. Car je sais bien qu'avant les coupes, les médailles et les podiums, je dois avoir de meilleures notes à l'école.

« Et j'ai gagné quoi ? » je demande d'un air détaché.

Justine s'approche et m'embrasse sur la joue. Je coule. Son baiser m'a fait l'effet d'un papillon aux mille couleurs qui me portera chance, foi de Victor. J'ouvre les yeux sous l'eau. Tout est flou, même les poissons. Je remonte à la surface et j'offre le plus beau de mes sourires à Justine.

« Tu es un drôle de garçon, Victor.

– Ah bon, tu trouves ?

– Ceux de l'école des Roches ne sont pas comme toi. Et je n'en ai jamais embrassé un seul sur la joue.

– Et ils sont comment, ces garçons-là ?

– Nuls. Tous habillés pareil, en costume bleu marine trop grand, chemise blanche et cravate bleue défaite au col. Des cheveux coupés ras comme du gazon, avec de vilains boutons rouges sur leur peau de petits cochons roses. Et à part jouer entre eux sur leurs PlayStation, ils ne font rien.

– Tous habillés pareil, ça me fait penser aux jumeaux. Tu les trouves comment ?

– Sympas, surtout Tom. C'est le seul qui sourit. En même temps, ils ont l'air tristes, même s'ils ne le montrent pas trop.

– Ils ont perdu leurs parents.

– Ah c'est pour ça, alors… C'est bizarre aussi qu'ils s'habillent pareil. Moi si j'avais une sœur jumelle, je n'aurais pas envie de lui ressembler. Je me couperais les cheveux comme un garçon s'ils lui descendaient dans le dos. Et je porterais d'autres couleurs que les siennes.

– Oh non, pas tes beaux cheveux !

– Victor, ne fais pas cette tête ! Je n'ai pas de sœur jumelle.

– Ce soir, j'irai déposer un mot dans le tronc de l'arbre mort. J'aimerais bien savoir pourquoi ils ont disparu. Tom m'a parlé d'une autre villa où il voulait nous emmener, la Villa Torre Clementina où avaient lieu autrefois des séances de spiritisme. Pilar nous en fait parfois quand maman est encore à la librairie. C'est super. On ferme les rideaux et on demande aux morts de bien vouloir nous prédire l'avenir avec les cartes de Pilar.

– Moi j'aurais un peu peur.

– Je serai là, ne t'inquiète pas. Et puis tu sais, les morts ne disent pas grand-chose. Ils donnent des prénoms de garçons à Alicia qui sont censés être les bons, et pour Pilar, ils ont dit qu'elle reviendrait bientôt dans son pays et cela ne lui a pas plu du tout.

– Et pour toi ?

– Ils m'ont dit que j'allais gagner un baiser en nageant super bien.

– Tu me fais marcher !

– Oui. Allez viens, on va retrouver Gaspard qui nous attend au bord de la plage. »

Pilar a tiré les rideaux. Alicia a juste allumé deux lampes près du canapé, les plus petites. J'ai étalé le tapis vert sur la table. Celui sur lequel maman aime jouer au rami avec Pilar, et au pouilleux massacreur avec moi. Pilar a fait un cercle avec ses étranges cartes qui ne servent qu'à prédire l'avenir. Ça s'appelle le tarot divinatoire. Au centre, trois rangées de trois cartes. Elle a insisté une fois de plus sur le fait que ces séances doivent rester secrètes. Maman ne doit jamais le savoir. Nous nous sommes assis en triangle en nous tenant les mains, les bras tendus, pour que les esprits ressentent notre chaleur. Nous avons attendu, les yeux fermés, qu'ils veuillent bien se manifester. Un bruit m'a fait sursauter, celui d'un esprit frappant la table comme on le ferait avec une porte avant d'entrer. Puis un deuxième, plus fort. Pilar nous a demandé d'ouvrir les yeux et de choisir une carte, puis une seconde. Elle a longuement observé les miennes : « Victor, l'esprit souhaite te prévenir d'un danger. Cet été, tu devras te méfier de la mer et des orages. Mais tu vas rencontrer de nouveaux amis et grâce à eux tu sauras surmonter toutes tes peurs. »

J'ai tenu la promesse faite à Pilar. Et puis, il fait si chaud cet été. La seule pluie est restée suspendue entre ciel et terre. La mer ressemble aux lacs des photos de papa. La lune, le soir, s'y regarde et peint avec ses rayons une longue traînée argentée. Et dans le parc de la résidence, les lucioles clignotent dans les arbres, comme les étoiles dans le ciel. De ma terrasse, j'aperçois tous ceux et celles qui suivent la danse des lucioles, pris dans la tiédeur du soir, hypnotisés par la magie des insectes. À part Pilar, bien sûr, qui en a peur. Lorsqu'elle était petite, les lucioles ne l'effrayaient pas, bien au contraire. Maintenant, Pilar redoute le retour en Argentine que lui ont prédit les cartes. J'imagine que les esprits, eux aussi, se trompent parfois.

Je nage doucement à côté de Justine. En dehors de Gaspard, personne ne nous surveille. Mes mamans préparent le déjeuner. Alicia dort sur le ventre. Pilar a recouvert sa tête avec son chapeau de paille et son dos d'un paréo tout en fleurs bleues et blanches. Justine me sourit entre deux brasses. Bientôt nous posons nos pieds sous l'eau, sur le sable doux presque frais. Dehors, l'air est chaud. Gaspard s'est recouvert les jambes d'un plâtre de sable. Justine et moi décidons de l'enterrer. Le corps de Gaspard disparaît sous un château de sable sans tours ni pont-levis. Nous l'abandonnons très vite à cause de nos ventres qui gargouillent. Je rêve du sandwich jambon-fromage avec plein de mayonnaise. Le géant de sable court se baigner en agitant son maillot de bain au-dessus de sa tête comme un drapeau planté au sommet d'une montagne. On se laisse tomber tous les trois à genoux sur nos serviettes, puis sur le dos, bras écartés, les yeux en tirelire à cause du soleil tout là-haut. Alicia attrape le verre de limonade fraîche que lui tend Pilar à son réveil. Son visage a pris le pli de la serviette. On dirait une balafre comme dans les films de gangster. J'avale ma limonade sans respirer, tellement j'ai soif. Les bulles me piquent de partout et j'en recrache par le nez. Ça fait rigoler Justine. Gaspard ouvre grand sa bouche pour engloutir le sandwich pâté-cornichons. Maman a posé son livre ouvert au milieu pour ne pas perdre la page. La couverture s'allonge et bronze. Alicia sourit. Un sourire de dessin animé où ses lèvres rejoignent ses oreilles. Elle vient d'apercevoir Luigi qui s'avance vers elle, chaussures à la main, avec des chaussettes roulées en boule dedans. Le sable n'a pas l'air de lui brûler les pieds. Maman lui propose « une cabine privée » pour se changer; sa grande serviette qu'elle enroule autour de lui, tandis que Luigi retire ses vêtements de serveur. Alicia attrape le pantalon qu'elle plie en deux et la chemise qu'elle reboutonne avant de la replier comme une vendeuse dans un magasin. Elle ouvre le sac de Luigi et lui tend son maillot de bain. Luigi est aussi blanc que neige. Méchant soleil qui n'en fera qu'une bouchée dans l'après-midi. J'ai encore le goût du raisin noir et sucré dans la bouche. Mes deux mamans sont retournées à la lecture, dos à dos sous le parasol, leurs pieds enfoncés dans le sable. Alicia et Luigi sont partis se baigner et faire un tour de jet-ski. Maman n'est pas trop rassurée, mais Luigi en fait souvent et Pilar a donné sa permission avec un billet de cent euros. Gaspard, Justine et moi faisons une partie de Monopoly sous le deuxième parasol, et je me retrouve en prison un tour sur deux. C'est nul ce jeu. Justine rachète tous nos hôtels, Gaspard tombe sur la case *Impôts sur le revenu*, et bientôt mon meilleur ami et moi on est ruinés. Toute la banque appartient à Justine. Trop forte. Maman et Pilar nous proposent d'aller nous baigner. Avec un peu de chance, on devrait apercevoir Alicia et Luigi sur le jet-ski. Tout autour de nous la plage est aussi pleine qu'au concert de Madonna où papa m'a emmené l'année dernière. On voit peu le sable. Des centaines de parasols colorés protègent des familles comme la mienne du soleil. Des dames se barbouillent le visage de crème. Entre deux respirations, de gros ventres mous tout poilus laissent apparaître des enfants jouant avec leur seau et leur pelle. Des centaines de bouches avalent des beignets, des glaces ou des sandwichs, boivent à la paille du soda ou de l'eau fraîche sortie de la glacière. Des doigts retiennent une cigarette ou l'écrasent dans le sable. Et plus près de l'eau des couples jouent avec une balle et des raquettes. Il est presque impossible de passer sans arrêter la partie. Gaspard a reçu une balle sur la cuisse qui a laissé une marque toute rouge. Maman et Pilar se sont avancées dans l'eau jusqu'aux cuisses. Gaspard, Justine et moi restons là où la mer est très chaude, tout au bord. Au loin Alicia et Luigi nous font un signe tandis que le jet-ski file à toute vitesse. Trop vite pour maman qui a pris la main de Pilar pour ne pas crier. Alicia porte un gilet qui la grossit. Elle n'aimerait pas se voir ainsi. Puis le jet-ski s'éloigne et disparaît au loin.

C'est à cet instant que j'entends le tonnerre gronder. Et je ne suis pas le seul.

Maman lève les yeux vers le ciel. Sur la plage, un étrange silence a remplacé les jeux, tandis que chacun regarde en l'air. Maman nous ordonne de courir nous réfugier au restaurant en haut de la plage. Nous sortons du bain à toute vitesse et Justine prend ma main et celle de Gaspard. Pas besoin du sable chaud pour courir vite. La voix de maman suffit. Le tonnerre gronde une seconde fois comme un lion furieux qu'on réveille dans sa sieste. Pilar et maman courent jusqu'à nous et nous disent de ne pas nous inquiéter.

Alors pourquoi courir aussi vite ?

Je pense à Alicia et à Luigi sur le jet-ski. Nous sommes presque arrivés au restaurant quand la foudre s'abat en déchirant le ciel. Je vois l'éclair frapper la foule. Une longue trainée lumineuse et blanchâtre qui zigzague, bientôt plusieurs, ivres et en colère. J'entends des cris et je me bouche les oreilles. Une petite voix à l'intérieur me dit de ne pas regarder non plus. Je l'écoute. Nous sommes trop nombreux à rejoindre le restaurant et je trébuche à cause des gens qui nous bousculent. Mais je ne lâche ni la main de Justine ni celle de Gaspard. Mes deux mamans nous entourent avec leurs bras, formant un cercle où rien ne peut nous arriver. Nous restons ainsi, sans bouger. Puis les nuages gris sombre s'éloignent, soufflés par la bouche d'un géant qui nous protège. Alicia et Luigi courent jusqu'à nous. Ils ont laissé le jet-ski au bord de l'eau. Des tas de gens sont restés sur la plage, là où la foudre a frappé une dame qui courait à cause du tonnerre. D'après Luigi, les secours sont déjà sur place. Le ciel s'est dégagé, nous ne risquons plus rien. Nous quittons le restaurant et marchons lentement vers nos affaires, toutes trempées. Le livre de maman s'est noyé. Elle n'en connaîtra pas la fin. Je pense aux esprits de Pilar.

Tu devras te méfier des orages.

Mais je suis loin de me douter que ce sont des orages bien plus menaçants qui m'attendent.

JUSTINE MARCHE AVEC MOI jusqu'à l'arbre mort. Je jette dans le tronc le petit mot que je viens d'écrire en rentrant de la plage.

« *J'espère que tout va bien pour vous. Nous, la foudre a failli nous tomber dessus à Cannes. Ce serait bien d'aller voir la Villa Torre Clementina tous ensemble avec Gaspard et Justine. Pourquoi pas vendredi à 17 heures ? Je reviendrai demain soir chercher votre réponse. Victor.* »

« C'est nul de ne pas pouvoir joindre les jumeaux sur un portable », dit Justine.

Je pense encore une fois à Rosita qui a dû entendre parler de l'oncle Théo. Je raccompagne Justine jusqu'au grand hall de la résidence où l'attend Augusta. Ici, le ciel est resté bleu toute la journée et la foudre n'est pas tombée sur la sorcière. Dommage. Pourtant il me semble que ses yeux sont plus noirs que d'habitude et qu'elle pourrait me réduire en cendres si elle le voulait. Justine m'embrasse sur les deux joues et pour une fois je ne rougis pas. Je suis le petit homme qui veille sur toutes ses femmes. La baronne a dit vrai. Justine entre dans l'ascenseur et disparaît avec le vieux crapaud. Moi, je sonne à la porte de Rosita. La gardienne me sert un Coca et me demande aussitôt tous les détails de l'orage. Elle est déjà au courant à cause de la radio qui parle de la dame de Cannes « entre la vie et la mort ». À la télévision, ceux qui en sont revenus disent qu'on voit un long tunnel avec de la lumière blanche au bout. Un peu comme l'autoroute qui va à Vintimille. Pas besoin d'être entre la vie et la mort pour voir ça. Rosita me dit que les météorologues deviennent fous. Jamais on n'a vu de tels phénomènes se produire en France. Je regarde les piles de *Point de vue* grimper aux fenêtres. Je n'ai pas envie de m'asseoir dessus ni de les apprendre par cœur sous la dictée de la gardienne.

« Rosita, connaissez-vous un monsieur un peu sourd qui vit ici à Roquebrune et qui s'appellerait Théo ?

– Théo, tu dis ? Oui, bien sûr, je l'ai connu. C'était un professeur d'histoire qui venait souvent donner des leçons privées ici à la résidence.

– C'était ? je demande avec une boule dans la gorge.

– Oui, il est mort, le pauvre homme. Un arrêt cardiaque. Mais pourquoi tu me demandes un truc pareil ?

– Oh pour rien. Et il est mort depuis combien de temps ?

– Je ne sais pas, mon petit. Je dirais cinq ou six ans. Il ne venait plus à la résidence depuis au moins dix ans à cause de ses problèmes. Il n'entendait plus grand-chose, le pauvre homme.

– Et c'était quoi son nom de famille ?

– Mesnart. Il s'appelait Théo Mesnart. Explique-moi comment tu as bien pu entendre parler de lui. »

Heureusement pour moi Lorenzo entre à cet instant. J'ai droit à un « salut Victor » et Rosita à un baiser sur le front. Le joli cœur s'affale dans un fauteuil en cuir comme s'il venait d'échapper à la foudre. Rosita en a oublié sa question. En la regardant je me dis que toutes les mamans doivent avoir un don pour deviner que leurs enfants ont des soucis. Et quelque chose me dit que ce don n'a rien à voir avec celui de Pilar. Rosita me pousse vers la porte en m'offrant un biscuit qu'elle a sorti de sa poche. Elle dit : « Je suis désolée, mon petit », et je me retrouve dehors. Et je ne sais pas pourquoi, je colle mon oreille à sa porte. Je sais bien de quoi Lorenzo va parler à sa mère. Il nous a vus rentrer de Cannes avec Luigi et Alicia qui se tenaient par la taille. Alicia qui refuse de le voir et ne répond plus à ses textos. On est loin du début de l'été où Alicia lui faisait encore ses yeux doux de petite biche perdue dans la forêt.

La voix de Rosita, douce au début, de celles qui consolent un chaton perdu, se durcit comme un caillou.

« Il est temps que tu arrêtes de tourner autour des familles de la résidence et que tu te trouves une copine à Roquebrune ou dans les environs. Un jour, tu finiras par nous attirer des ennuis et je perdrai ma place à la résidence. C'est un travail bien payé. Ce n'est pas ton père, cet abruti, qui s'en est soucié en tombant d'un toit. Nous aurions pu nous retrouver à la rue si je n'avais pas été recommandée par la baronne de Liseray. Et crois-moi, mes travaux de couturière nous ont en partie sauvé la vie. La baronne les apprécie encore et je ne voudrais pas qu'un faux pas de plus de ta part nous mette à dos notre bienfaitrice. Déjà tes plaisanteries avec les sœurs Couton, ces pimbêches, ne la font pas rire, car elle sait bien que vous vous moquez d'elle. Alors sois gentil, laisse tomber une fois pour toutes la petite Beauregard. Tu mérites mieux, crois-moi ! »

J'ai retiré mon oreille de la porte comme si elle me brûlait. *Laisse tomber une fois pour toutes la petite Beauregard. Tu mérites mieux, crois-moi!* De quel droit Rosita parle-t-elle ainsi de ma sœur? J'aurais bien donné des coups de pied contre la porte. Je me venge sur le biscuit que j'émiette sur son paillasson.

Maman m'ouvre la porte. Je file droit dans la chambre d'Alicia qui se regarde dans un miroir.

« Tu fais quoi?

– J'ai un bouton, là, juste sous l'œil. C'est atroce.

– Écoute, j'ai un secret à te confier. Le bouton attendra. »

Alicia me regarde dans le miroir. Ma petite bouille l'intrigue. Elle se lève, referme la porte de sa chambre et va s'allonger sur son lit.

« Raconte », dit Alicia au plafond.

Je m'assois au bord de son lit et je dis tout sur les jumeaux, et ce que j'ai entendu derrière la porte. Alicia bondit hors de son lit.

« Mais quelle salope cette gardienne! »

Je vérifie que la porte est bien fermée. Je ne suis pas sûr que maman apprécierait. Alicia retourne au miroir, son bouton n'attend plus.

« Papa est déjà venu ici à la résidence quand il était petit.

– Comment tu sais ça? je demande.

– Il me l'a dit.

– Quand?

– Hier, au téléphone. Mais surtout ne répète pas à maman ou je te tue.

– Je me doutais bien que vous vous parliez au téléphone. Des fois tu restes des heures enfermée dans ta chambre quand on rentre de la plage. T'inquiète, je dirai rien à maman. Et papa t'a raconté quoi d'autre ?

– Qu'il déteste cet endroit à cause de Félicité et qu'il n'y retournera jamais.

– Et tu sais pourquoi ? »

Alicia perce le vilain bouton entre deux doigts.

« Ouch ! Non, ça, papa n'a pas voulu en parler. J'ai même cru que la ligne était coupée. Et puis papa m'a demandé comment allait maman. Parfait, je l'ai eu ce salopard. Un peu de Terracotta et je le fais disparaître pour de bon. »

Alicia sort récupérer la Terracotta dans la salle de bains des mamans. Elle revient avec la petite boîte à effacer les vilains boutons et pose un doigt sur la poudre brune avant de souligner le dessous de son œil. Elle s'approche du miroir si près qu'elle pourrait s'embrasser. Elle agrandit son regard azur puis se tourne vers moi.

« Nickel ! Dis-m'en plus sur tes jumeaux. Ce qui est certain, c'est que je n'en ai jamais vu à Roquebrune. Des jumeaux, ça se remarque ! »

Je décris ma première rencontre avec Tom et Nathan, quand en faisant le tour de l'arbre mort je suis tombé sur eux. Deux corbeaux noirs habillés pareil, blancs comme craie, qui mâchouillaient un brin d'herbe et me regardaient sans sourire.

Jusqu'à leur disparition à la Villa Cyrnos, tandis qu'un vieux barbu nous raccompagnait à la grille. Je parle de l'oncle Théo, un professeur d'histoire devenu sourd, la seule famille des jumeaux après la mort de leurs parents.

Un courant d'air glacé, soudain, me traverse.

Les jumeaux m'ont menti.

Si l'oncle Théo est mort depuis cinq ou six ans, qui leur a enseigné l'histoire des villas où ils nous font pénétrer ? Tom m'a dit qu'ils vivaient de l'autre côté de la plage de la Buse, après la cabane de Le Corbusier. Peut-être avec leurs parents qui ne sont pas morts ; on n'est pas à un mensonge près. Sinon, comment font-ils pour se nourrir ? Et pourquoi mentir à propos de l'oncle qui surveille leurs devoirs, trop sourd pour avoir le téléphone à la maison ? Est-ce pour cela que les jumeaux ne sourient presque jamais ? Je les aime bien pourtant. Je n'en ai pas peur. Ils ont beau s'habiller pareil et se couper les cheveux court à l'identique, je les différencie au sourire de Tom, aux clés de Nathan sorties de sa besace qui ouvrent les portes des villas. Qui pourrait entendre les secrets qu'ils se chuchotent à l'oreille sur le chemin des douaniers, en dehors des papillons et des arbres ? Tout se brouille dans ma tête. J'en maquillerais bien l'intérieur avec la Terracotta de nos mamans. Une poudre magique pour effacer les bobos qui ne se voient pas. Les questions sont des rides profondes qui donnent mal à la tête. Et l'absence de papa est un vilain bouton qu'il me sera impossible de percer, inatteignable, inguérissable.

« Écoute, Victor, je vais aller avec les sœurs Couton traîner du côté de la plage de la Buse. Si tes jumeaux habitent par là, on devrait bien les apercevoir. Et puis on peut toujours entrer au Cabanon et poser des questions. Je tâcherai d'y aller demain et, promis, nous en saurons plus sur tes étranges jumeaux. C'est excitant, je trouve, pas toi ?

– Oui, c'est excitant », je réponds.

Mais entre la pluie tropicale, la foudre qui a frappé une dame toujours entre la vie et la mort, et le courant d'air glacé en pensant aux jumeaux, je me demande si ça n'est pas trop pour moi qui aurais préféré traverser la mer avec ma petite fée pour ne plus penser à rien.

MAMAN ET ALICIA sont parties faire des courses au Spar. Je joue avec Katouta, trop contente de grignoter une feuille d'endive. Je caresse d'un doigt le dessus de sa tête. Pas trop longtemps sinon Katouta la fait disparaître dans sa maison. Je regarde l'heure sur la grosse pendule de la cuisine. Dix heures. Je prépare un café que je verse dans un mug et je l'emmène jusqu'à la chambre-atelier de Pilar. Je sais qu'on n'a pas trop le droit de la déranger quand elle travaille, mais des fois, quand je reste seul à la maison, j'aime bien me faire tout petit et la regarder peindre. Pilar m'embrasse sur le front, en écartant ses bras et surtout ses mains toutes tachées. Elle boit le café et repose le mug au milieu de ses pots à brosses. Une tasse blanche qui ne l'est plus avec des doigts verts pareils à de l'herbe collée. La toile sur son chevalet me paraît immense. Pilar dit en souriant qu'elle termine son « autoportrait ». Sur un fond d'herbes hautes qui luisent sous le soleil, comme un tapis vert, se découpe l'ombre de Pilar. Une silhouette étrange qui obscurcit les brins d'herbe, un peu comme si l'ombre de Pilar sortait de terre pour mieux protéger la nature.

Un autoportrait discret, tout comme Pilar entrée doucement dans nos vies. Depuis ce jour où maman lui a offert un livre à sa librairie, d'un auteur argentin. Le pays de son enfance qui inspire sans cesse Pilar. Maman et Alicia sont allées à l'exposition. Moi j'étais trop petit pour sortir de la maison. C'est la voisine qui m'a gardé. Et puis Pilar est venue dîner à la maison. Elle avait apporté des tulipes pour maman, du chocolat pour Alicia et un doudou lapin pour moi. Un été, la voisine nous a gardés, Alicia et moi. Pilar avait emmené maman en Italie, là où la lumière de la Toscane lui rappelait un peu celle de son enfance. Puis Alicia a mangé les œufs de Pâques cachés par Pilar dans notre jardin de Bourg-en-Bresse. Maman riait déjà beaucoup avec Pilar, et c'est aussi pour ça que nous aimons notre deuxième maman, ma sœur et moi. Papa a rencontré Pilar à Paris, dans une petite galerie toute blanche du 6e arrondissement. Maman et lui se sont arrêtés devant chaque tableau et papa a souri quand maman lui a expliqué les couleurs et les cieux rougis par les pinceaux de Pilar. Pendant le dîner, papa a parlé d'un voyage lointain qu'il avait fait en Argentine pour un magazine et Pilar était tout heureuse d'entendre surgir des noms familiers comme Buenos Aires, El Tigre, le mont Aconcagua, le fleuve Paraná et les grillades *asado* que papa préférait *a la parrilla*. C'est maman qui m'a raconté ce dîner, un soir où je lui demandais de me parler de Pilar comme d'une belle histoire avant de m'endormir. Elle était heureuse que papa et Pilar s'entendent bien. Aujourd'hui, Pilar décore toujours notre sapin avec des boules de coton pour se rappeler son enfance quand, petite, elle s'imaginait la neige qui ne tombait jamais sur Capilla del Señor. Comme ses souvenirs qu'elle enferme dans un coffret en bois d'eucalyptus. Ses tableaux prolongent son enfance, changent le noir et blanc des photographies du coffret en couleurs incendiées, mais rien ne lui ferait mieux revivre son enfance qu'en retournant en Argentine. Maman et Pilar en parlent parfois. Les parents de Pilar sont plus vieux que mes grands-parents. Et Pilar aimerait bien les revoir une dernière fois, surtout Victoria, sa maman, dont la santé est fragile. Et peut-être même acheter un terrain pour construire une maison perdue dans la pampa. Je me souviens, l'été dernier, un soir à la résidence où la pluie frappait aux carreaux du salon, sans la moindre luciole pour éclairer le parc. Maman est longtemps restée muette. Elle regardait notre salon comme si la réponse était cachée quelque part. En se levant, elle a fait tomber le saladier de pop-corn qu'elle avait oublié sur ses genoux. Elle a lissé son pantalon avec ses mains comme si elle cherchait à effacer des plis invisibles. Elle m'a demandé d'aller me coucher, mais je suis resté caché dans la cuisine. Puis elle s'est retournée vers Pilar : « Je ne pourrai jamais abandonner Bourg-en-Bresse et nos vacances ici à Roquebrune. Et François, leur père, as-tu pensé à lui ? Comment l'éloigner autant de ses enfants ? Et ma librairie, qui s'en occupera ? Non, Pilar, franchement, ce que tu me demandes est impossible. » Pilar est montée peindre, et cette nuit-là maman a dormi seule avec ses livres. Je le sais parce que je me suis réveillé à cause d'un mauvais rêve et j'ai ouvert la porte des mamans. Le lendemain, nous avons eu un beau ciel bleu, le premier de nos vacances, et nous sommes partis à Cannes. Je n'ai plus entendu mes mamans reparler d'un voyage en Argentine.

Pilar est assise sur un tabouret, face à sa toile. D'une main, elle peint ses brins d'herbe, très concentrée, aussi proche de la toile qu'Alicia de son miroir. Mais aucun bouton à percer si ce n'est peut-être celui de son enfance. De l'autre main, elle tient sa palette, avec ses dégradés de vert pour toutes les teintes d'herbe. Je fais demi-tour. Pilar est trop absorbée par sa toile pour s'en rendre compte. J'attrape une serviette de bain, mon tube de crème et je descends à la plage. J'ai promis à maman de l'attendre avant de me baigner. À la radio ce matin, ils ont dit que la dame de Cannes allait s'en sortir et j'ai dit : « Merci mon Dieu. » Même si je ne crois pas à toutes ces histoires que le prof de catéchisme nous raconte après l'école. Par contre, les églises, c'est chouette. Il fait toujours frais dans la maison du bon Dieu. C'est tellement grand que j'ai le vertige en regardant le plafond avec le ciel bleu peint et les anges qui jouent de la trompette. Les chaises grincent quand on se lève et s'assoit, alors je reste sage. L'année dernière, j'ai laissé fondre l'hostie sous la langue. Ça m'a fait penser aux bonbons soucoupes volantes, en moins bien, mais j'ai gardé ça pour moi. J'ai pensé très fort aux gens que j'aimais. Cette année, j'ajouterai Justine et les jumeaux à la liste.

Je descends jusqu'à l'arbre mort. Les jumeaux m'ont peut-être répondu. En évitant les racines et les cailloux, je saute d'une marche à l'autre. La baronne n'est pas sur le banc. Je monte dessus et je fais l'andouille. Personne ne peut me voir à part les buissons, la mer, la terre et les arbres. Ça me donne chaud de faire le bêta. Je transpire sous mon tee-shirt. Je redescends du banc à pieds joints sur la terre brune et continue de longer le sentier jusqu'à la plage. Je dépose ma serviette et ma crème solaire et je file me glisser derrière le grillage tout débraillé à cet endroit-là. Le chemin des douaniers est désert. Il fait déjà beaucoup trop chaud pour s'y promener ou pour courir. Je plonge ma main à l'intérieur du tronc et en retire un papier plié en quatre sur lequel les jumeaux ont écrit :

« Désolés pour la dernière fois, mais on n'a pas pu faire autrement. D'accord pour la Villa Torre Clementina à 17 heures, mais pas avant lundi. Si problème laisse un message dans l'arbre. Sinon on vous attend tous les trois à l'arbre mort. Tom et Nathan. »

PARFOIS ALICIA DISPARAÎT dans la journée avec les sœurs Couton. Elles prennent le train de Carnolès à Vintimille. En vingt minutes, elles changent de pays. Maman est ravie, ses Vogue sont beaucoup moins chères en Italie. Elle serait furieuse d'apprendre qu'Alicia achète aussi du whisky avec son argent de poche, planqué par les sœurs Couton sous leurs lits. Un alcool fort qui pique le nez et dont le poison se répand, brûlant tout au passage. C'est ce que m'a dit Gaspard après que ses grands frères lui en ont fait avaler tout un verre. Je sais qu'Alicia en boit le soir sur la plage. Quand ils s'ennuient tous ensemble, malgré les lucioles, l'air tiède et les rochers qui se découpent sous la lune ronde. Lorenzo, les sœurs Couton et tous les autres ados de la résidence s'échangent la bouteille comme des grands qu'ils ne sont pas. Pas besoin de verres, les bouches se suivent, vissées au goulot humide, aspirant la flamme qui leur brûle le corps. Alicia aime cette étrange sensation alors que le sang lui monte à la tête, plus fort encore que tous les manèges qui mettent à l'envers. J'écoute Alicia qui me raconte tout ça comme si je pouvais tout comprendre. J'essaye. J'ai goûté à son whisky et je préfère encore le sirop contre la toux. Au moins je ne tousse plus après. J'aimerais lui dire que tout ce feu ne guérit rien, mais je suis trop petit pour qu'elle l'entende. Alicia ne me raconte pas ses secrets pour suivre les conseils d'un petit frère.

Lorenzo a voulu impressionner Alicia. La nuit, la piscine est interdite et surtout dangereuse. Elle se vide entièrement pour se remplir d'eau de mer. Alors Lorenzo a choisi la mer. Il s'est penché au-dessus de l'échelle, tout au bout de la plage, a jeté ses clés et le portable sur le béton, et a plongé tout habillé. Derrière lui, les sœurs Couton se sont précipitées en riant avant de disparaître dans l'eau noire. Alicia, appuyée contre l'échelle, a regardé Lorenzo qui la suppliait de les rejoindre. Puis les sœurs Couton ont essayé de couler Lorenzo. Quand ils ont refait surface, Alicia avait disparu. Elle s'est allongée sur le banc, comme l'avait fait Félicité autrefois, surprise par la baronne au petit matin. Elle a pensé à Luigi qui l'avait embrassée sur la plage de Cannes, juste après la foudre. Ils venaient d'abandonner le jet-ski sur le bord de mer. Elle portait encore le gilet de sauvetage. Elle a frissonné sans savoir si c'était le contact du gilet sur sa peau ou la foudre qu'elle venait de voir tomber. Luigi l'a attrapée par la nuque et embrassée longuement, ce goût du fruit défendu, éclaté en mille saveurs, qui entrait dans sa bouche et la rendait aussi molle que ses poupées, petite. Elle s'était agrippée à Luigi, prête à se noyer dans cette saveur sucrée, et lui a rendu, aveugle, sa moitié de baiser. Peu lui importait que la foudre frappe encore. Là, sur son banc, elle revoyait Lorenzo surgir de l'eau, et tendre ses bras pour qu'elle s'y jette. Au début de l'été, elle l'aurait fait, sans hésiter. Mais elle savait bien, elle avait toujours su que Lorenzo n'était pas *le bon*. Elle n'aurait pas su dire non plus si Luigi était le garçon qu'elle attendait. Celui avec lequel elle partirait. Après tout, c'est bien ce qu'avait fait son père. Partir.

Alicia aime Pilar pour sa douceur et l'aile sous laquelle sa mère se sent en sécurité. Mais ce n'est pas ce qu'attend Alicia de la vie. Elle veut se perdre dans les bras d'un garçon qui ne la quittera plus des yeux. De l'action, mais avec des fleurs, de la musique et aussi du whisky. « Un jour, Victor, nous quitterons nos mamans. Nous irons vivre ailleurs, à Paris ou n'importe où, et nous essaierons de faire mieux. »

Alicia est retournée à sa chambre en suivant le chemin des lucioles. Sur son portable un texto de Lorenzo qu'elle a effacé sans le lire. Alicia avait hâte de rejoindre son lit et de penser à Luigi. Cet instant magique, comme un sursis avant le sommeil, où rien ne l'empêcherait de revivre le baiser sur la plage de Cannes.

ALICIA S'EST LEVÉE à sept heures ce matin sans réveil ni caresses de maman.

« Mieux vaut arriver au marché de Vintimille le plus tôt possible à cause des bonnes affaires à faire. » Enfin c'est ce que disent Alicia, maman et Pilar. Dans la voiture, je laisse Gaspard s'asseoir au milieu. Augusta conduit Justine et sa maman dans une Mercedes blanche. Charles de Vallon-Tonnerre a préféré une grasse matinée à la foule de Vintimille. Lorenzo a emprunté la vieille Simca de Rosita où déjà les sœurs Couton se battent pour savoir laquelle des deux va s'asseoir à côté du joli cœur. Lorenzo tranche et les envoie toutes deux à l'arrière. Elles boudent en regardant chacune à l'extérieur de la vitre. Chantal me reconnaît et me tire la langue. Une langue blanche. Je demande à maman pourquoi la langue de Chantal Couton est comme ça. Maman répond : « Je n'en sais rien, mon chéri. Peut-être que Chantal a une crise de foie. » Cela n'a rien à voir avec le fait que Chantal ne croirait plus en Dieu, mais avec son estomac. Je me suis fait avoir la première fois, maintenant je sais. Chantal a trop picolé. J'observe Justine, assise toute seule à l'arrière de la Mercedes, qui me fait un petit signe de la main. Un serre-tête retient ses cheveux blonds.

Dommage. Je préfère quand ils dégoulinent sur ses épaules. Sa maman, au volant, porte un chapeau trop large qui l'empêche de se retourner. Augusta fouille dans la boîte à gants et Justine en profite pour me tirer aussi la langue, une jolie langue rose sans crise de foie qui lance le départ. En quelques secondes, la résidence est derrière nous. En vingt minutes nous arrivons à Vintimille. Et une bonne demi-heure plus tard nous trouvons une place après nous être perdus dans les petites rues de la ville italienne. Nous voilà tous réunis, maman, Pilar, Alicia, Gaspard, Justine, Gisèle de Vallon-Tonnerre, Augusta, Lorenzo et les sœurs Couton, prêts à affronter une foule aussi importante que celle des grèves qu'on peut voir à la télé. Sauf que dans les grèves, les gens ne sont pas contents, même si des fois ça les empêche pas de rigoler entre eux. Maman me tient la main et je lui dis qu'elle peut la lâcher à cause de Gaspard qui ricane dans mon dos. Maman dit : « Si on se perd, on se retrouve à la voiture. » Je réponds : « Oui, je sais où elle est. » Ce n'est pas vrai, mais ça marche. Maman m'abandonne et disparaît dans la foule avec Gisèle qui lui tient le bras pour ne pas se perdre. De toute façon je ne vois rien, je suis prisonnier d'une foule qui m'entraîne. Heureusement Justine m'attrape la main et me tire sur le côté. Je veux bien garder sa main dans la mienne pour toujours. Tant pis si j'oublie les super bonnes affaires à faire. Je sais bien ce qu'est une contrefaçon. Alicia m'a expliqué tout ça l'été dernier après avoir acheté un faux Vuitton. Bon, moi, les marques ce n'est pas mon truc. Je préfère porter les tee-shirts et les polos sans rien dessus, comme ça, à l'école personne ne m'embête. Alicia, elle, en est dingue. Un peu moins que les garçons qui seraient les bons, mais certainement plus que tous ceux avec lesquels elle a fugué. Maman dit qu'on n'a pas les moyens de s'acheter les vrais sacs Vuitton, alors autant s'acheter les faux pour presque rien. D'ailleurs c'est ce que doivent penser toutes les femmes jeunes et vieilles qui marchent dans les rues de Vintimille le vendredi, jour du marché. En Italie, la loi n'empêche pas de fabriquer des faux sacs, ou vêtements, ou chaussures, qui ressemblent à ceux des vitrines des magasins de luxe à Paris où personne n'ose entrer sauf pour regarder. Alicia est tout excitée, les sœurs Couton sont sur le point de s'évanouir. Elles veulent tout essayer, les tee-shirts, les sacs qu'elles portent sur une épaule, « j'adore », « ça me va super bien, tu ne trouves pas? », les chaussures qui leur font des pieds de reine à côté des tongs. Seulement voilà, en France, la loi n'est pas comme en Italie. Et tout se gâte à La Turbie, la frontière franco-italienne. Les gendarmes fouillent les voitures à la recherche du moindre achat, et découpent en morceaux les faux sacs qui ont coûté pas cher, contrairement à l'amende qui fait perdre tout bronzage à la dame pas contente qui n'était au courant de rien du tout. Maman a donc décidé pour tout le monde : pas plus d'un achat par personne et on le porte sur soi comme si on était parti de la résidence avec. Pilar essaye une petite robe de plage couleur d'œuf. Celui que je ne mange plus à cause du petit poussin qui ne va pas naître sinon. Elle a retiré son tee-shirt, secoué ses longs cheveux bruns qu'elle a relevés sur la petite robe faite pour elle. Un Italien se retourne sur Pilar, lui sourit et dit : « *Che bella ragazza.* » Ça doit être gentil. Maman rigole. Si je n'oublie pas, penser à lui demander plus tard ce que ça veut dire. Pilar fourre son tee-shirt dans son sac et repart avec la petite robe de plage qu'elle portait donc à la résidence quand on est partis à Vintimille. Alicia et les sœurs Couton ont choisi le même tee-shirt

Diesel avec dessiné dessus un gros diamant rose en paillettes, très moche, qui doit sûrement briller la nuit. Les lucioles ne vont pas apprécier. Lorenzo s'est offert une ceinture de cow-boy avec une boucle représentant un gros G.

« G comme guenon ? » je demande.

Lorenzo me regarde comme si j'étais une mouche sous son pied.

« Ben non idiot, G comme Gucci !

– Mon frère n'est pas un idiot ! gronde Alicia.

– Je ne voulais pas dire ça, désolé. »

Et Lorenzo me fait un grand sourire et moi une grimace. Comme son long maillot de bain n'a pas de passants, Lorenzo referme la ceinture autour de son ventre plat. C'est nul. Je pense que les gendarmes vont adorer réduire en miettes sa ceinture de Guenon. Gisèle de Vallon-Tonnerre n'achète rien. Ses yeux ne cessent de s'agrandir et je n'arrive pas à savoir si c'est de plaisir ou d'effroi. Elle a pourtant attrapé deux sacs qu'elle a observés de près, regardant à l'intérieur comme si elle s'attendait à trouver un gros billet oublié, les retournant comme maman le fait avec un pantalon avant de le repasser, les pesant en soulevant sa paume comme une balance. Puis elle s'est tournée vers maman avec l'air désolé de celle qui n'aura pas à tricher à la douane. Gaspard, lui, s'est précipité sur une besace Nike. Ça, je connais. Maman a demandé le prix et haussé les épaules en disant : « Beaucoup trop cher. » Alors le vendeur s'est gratté le ventre comme si la réponse devait sortir de là, et a accepté de baisser le prix de cinq euros pour le grand plaisir de Gaspard qui a rangé dedans sa monnaie et une photo de sa famille. Il porte sa besace Nike sur le côté, très fier, comme si toute sa maison était rangée dedans. Augusta n'est jamais loin. Je la reconnais à son chapeau mou de sorcière. Elle surveille Justine du coin de son œil noir. L'autre est attiré par les marchands. Je n'imagine pas Augusta s'acheter un faux Vuitton et négocier le prix avec le monsieur tout noir qui roule des yeux pour mieux l'hypnotiser. On voit bien que ce monsieur ne connaît pas Augusta. Je serais lui, j'arrêterais de vouloir lui vendre une montre en or en essayant de la lui passer au poignet, ou sinon la sorcière va le changer en caillou. Augusta retire les épingles qui retiennent le chapeau mou à ses cheveux gris. Elle chasse le monsieur noir avec, comme une guêpe qui lui tournerait autour. Ça fait rigoler le vendeur qui agite des faux foulards très colorés comme un au revoir. Augusta ne le regarde plus. Elle vient de s'arrêter sur un stand de parfums. Elle les renifle tous. Son œil ne surveille plus Justine mais tous ces flacons qui renferment des odeurs de fleurs et de plantes. Augusta en met un peu sur son poignet, le secoue, puis le porte à son nez. Je crois même qu'elle sourit. Peut-être que le parfum lui rappelle des bons souvenirs quand elle ne s'habillait pas encore tout en noir. Maman dit que le parfum c'est comme les photos, mais en mieux. Ça fait remonter le passé comme un petit film de jolis souvenirs. Alors dans ma tête, je retire tous les habits noirs de la sorcière, je peins ses cheveux en or, je l'habille avec les couleurs d'un arc-en-ciel, et j'en fais une danseuse des années folles, quand on ne pensait qu'à s'amuser. Augusta la danseuse monte sur ses pointes, regarde au-dessus des spectateurs et s'élance avec ses voiles comme les ailes d'un immense papillon. Elle fend la foule qui s'écarte sur son passage et l'applaudit. J'ouvre les paupières. Justine m'observe de son beau regard vert silencieux. Augusta a fait disparaître le flacon dans son sac et nous tue avec ses yeux noirs de sorcière. Je la préfère en danseuse. Justine dit : « Tu as encore un papillon posé sur ton épaule. » Je tourne la tête et sous mes cils découvre le petit animal tout violet. Je n'en ai jamais vu de cette couleur. Sur l'une de ses ailes, un petit rond comme un œil qui voit tout. Pilar est loin devant nous, tant mieux. On ne risque pas d'être piétinés par une foule en délire, paniquée par ses cris. Je me tourne vers Justine. Assez pour être dos à la foule. Augusta est emportée par un groupe de petits vieux qui se dépêchent derrière une asperge à moustaches brandissant un petit drapeau italien. J'aimerais effacer toute cette foule comme l'éponge sur un tableau. Juste une rue déserte en bord de mer, Justine, moi, et le papillon violet avec son œil qui voit tout. Je pose ma main sur la joue de Justine. Je crois même qu'elle rougit. Puis je fais glisser doucement le serre-tête et libère ses beaux cheveux blonds. Je dis : « C'est plus joli comme ça. » Justine ne répond pas. Elle m'entraîne vers un marchand qui vend des faux foulards. Elle en essaye un avec lequel elle cache ses beaux cheveux blonds. Je dis non de la tête. Elle en noue un deuxième autour de son cou. Mon papillon violet passe de mon épaule à celle de Justine. Le foulard est un épais collier qui fait disparaître sa peau d'épice. Je secoue la tête. Le papillon violet s'envole. Justine dit : « Il vient de se poser sur le sommet de ton crâne. » Gaspard surgit de la foule : « Ben vous étiez où, les amoureux ? » On le tue avec nos yeux. Même le papillon violet, sauf qu'il n'en a qu'un. Ce n'est pas grave si Justine et moi on n'achète rien au marché du faux. Pas besoin de ça pour s'amuser dans les rues de Vintimille. La foule a effrayé le papillon violet. Justine vient de me dire qu'il a disparu pour de bon. En retournant aux voitures, on s'arrête à la terrasse d'un café. Ça donne soif de marcher autant. Justine commande un diabolo menthe, Gaspard et moi un Coca. Maman, Alicia, Pilar et Gisèle un Coca light. Augusta, un Perrier. On a perdu Lorenzo et les sœurs Couton. Alicia s'en fout, elle porte son faux tee-shirt Diesel avec son diamant rose à paillettes. Elle ne cherche pas à retrouver Lorenzo. Elle sait qu'elle l'a perdu pour de bon. Gisèle, Pilar et maman fument une cigarette sortie du même paquet. La main légèrement en arrière, elles rejettent la fumée en relevant le menton au même moment. La fumée s'évapore comme une pluie tropicale à l'envers, sans arriver au ciel. Elles s'éventent avec un menu et parlent de la chaleur. Augusta ne dit rien. Elle tient son sac serré contre elle avec dedans le parfum qui lui rappelle peut-être de jolis souvenirs. Elle boit son Perrier à petites gorgées. Elle a remis les épingles et son chapeau mou. Son regard noir semble ailleurs. Elle nous oublie, Justine, Gaspard et moi. Elle regarde parfois Gisèle de Vallon-Tonnerre. Elle l'observe fumer et rire avec maman et Pilar. Et quand on se lève pour retourner à la résidence, elle paraît soulagée. Personne à La Turbie n'a vidé son flacon de parfum. Pas plus que nos petits achats que les coupables portaient sur eux. Maman est la reine de la débrouille.

Je tombe sur la baronne en remontant de la plage. Assise sur le banc en fer blanc, elle m'envoie un grand sourire.

« Je t'attendais, Victor.

– Ah bon, pourquoi ? je réponds un peu méfiant.

– Eh bien, j'ai repensé à notre dernière conversation et j'ai fouillé un peu dans mes affaires. Tu sais, à mon âge, on garde tout.

– Ah, ma grand-mère Charlotte aussi. Elle aime bien nous montrer ses albums photos quand elle était plus jeune et grand-père aussi.

– Justement, j'ai retrouvé une photo de Félicité que j'ai prise l'été 1984, celui où Charles m'a emmenée sur la côte amalfitaine. C'était juste avant notre départ. J'avais tout le temps ce petit appareil photo jetable très pratique. J'ai demandé à Félicité si cela ne l'ennuyait pas que je la prenne en photo. Elle était si mignonne. Voilà, je l'ai rangée dans mon sac pour toi. »

La baronne me tend une photo en couleurs avec un bord blanc. Je ne sais pas pourquoi mon cœur bat si fort. C'est juste une photo. Félicité à l'âge de Justine. Elle se tient droite et porte un tee-shirt rose. Elle sourit à la baronne. Sur la photo, Félicité n'est pas seule. Elle tient la main d'un petit garçon qui ne sourit pas. Il regarde ailleurs comme si c'était exactement là qu'il aurait aimé se trouver. Bien sûr Félicité pouvait avoir un copain de son âge. Mais je sais bien que le petit garçon qui regarde ailleurs est mon papa. J'aurais bien aimé dire qu'il me ressemble ou que je suis comme un jumeau sur cette photo. Mais je ne reconnais rien du papa que je connais. Sauf, peut-être, ce regard qui aimerait ne pas être là.

– Et vous savez qui est le petit garçon à côté de Félicité? je demande l'air de rien.

– Eh bien non. Quand j'ai retrouvé cette photo, j'ai pensé au moment où je l'avais prise. Mais elle a plus de trente ans. Je me rappelle juste qu'il ne voulait pas apparaître sur la photo. Ta tante ne m'a rien dit le concernant. Et moi, je voulais juste faire une photo de Félicité.

– Je pense que le petit garçon sur la photo est mon papa.

– Tu ne lui ressembles pas du tout.

– Félicité ne vous a jamais dit qu'elle avait un petit frère?

– Tu sais, Victor, nous avons très peu parlé, Félicité et moi. Je l'ai souvent observée comme je te l'ai dit la dernière fois. Je la trouvais belle et naturelle, comme ces roses aux pétales si frais. Une femme, sans aucun doute, sait reconnaître une amoureuse. Je m'en veux sûrement de ne pas être allée vers elle malgré notre différence d'âge. Je pensais qu'elle m'aurait trouvée ennuyeuse.

– Ben moi, je ne vous trouve pas du tout ennuyeuse.

– Tu es exquis, mon petit. Je me suis adoucie après la mort de mon mari et de mes enfants. J'étais bien différente avant. Je n'aurais jamais craché par terre, par exemple, si tu vois ce que je veux dire.

– Alors je vous préfère comme vous êtes aujourd'hui. »

Ça fait rigoler la baronne. Un petit rire aigu.

« Avant, j'avais toutes sortes d'envies et j'en réalisais si peu. Mon éducation, tu vois ? Non, c'est idiot, tu ne vois pas. Disons que je voulais tout savoir sur les gens qui m'intéressaient, mais j'en étais bien incapable. Je n'osais même pas les aborder ! Je les suivais longuement du regard, comme je l'ai fait au fil des ans avec Félicité. Et cela m'en apprenait un peu sur elle, bien sûr. Un regard, une gêne, quelques mots échangés. Si je n'avais pas chassé Félicité ce matin-là sur ce banc, allongée avec un fiancé, si je m'étais assise en attendant qu'ils se réveillent... Peut-être que j'en aurais su davantage sur ta tante. Et quand toutes ces années ont passé, j'étais bien la seule à croire que nous étions *presque* amies. Elle, Félicité, ne m'observait pas. Elle vivait sa vie, pleinement, amoureusement, même après le drame qui l'a privée du baron de Loumières. Quelle imbécile j'ai été. Cela aurait été si facile de l'approcher, de lui téléphoner. J'ai même failli le faire plus d'une fois. Mais cette maudite éducation m'en a empêchée.

– En tout cas, cette maudite éducation ne vous empêche pas de me raconter tout ça. »

La baronne me regarde tout étonnée. Sa bouche dessine un rond, comme une serrure où toutes les guêpes de la résidence pourraient entrer. Elle se redresse sur le banc et attrape son ombrelle blanche.

« Probablement parce que tu es un petit garçon extraordinaire.

– Non, Hedwige. J'aimerais bien avoir des pouvoirs magiques, mais malheureusement je n'en ai aucun.

– Ah ! mais si ! Savoir écouter est un pouvoir magique. Crois-moi.

– Je peux garder la photo ?

– Oui, bien sûr. Et je peux te demander une faveur ?

– Ça dépend.

– J'ai toujours un appareil jetable dans mon sac. Je peux faire une photo de toi ?

– Ah ça, oui, je veux bien. »

La baronne retourne à son sac, fouille dedans, en sort un appareil jetable tout jaune.

« Tu es prêt ? Attention, le petit oiseau va sortir. »

Et pourquoi pas un éléphant pendant qu'on y est. Pauvre petit oiseau qui devrait vivre enfermé dans une boîte jaune et attendre la photo avant de s'envoler. Je grimace. Je ne sais pas sourire sur commande. Et puis le petit oiseau dans la boîte jaune m'a rendu triste. Je regarde la photo que m'a offerte la baronne. Je cache Félicité d'une main car on ne voit qu'elle sur le papier. J'observe le petit garçon. C'est vrai qu'il regarde ailleurs, mais il tient la main de Félicité. On dirait même qu'il s'y accroche. Est-ce qu'il regardait ailleurs pour ne pas voir la baronne ? Un petit frère qui voulait juste sa sœur ? Je n'ai jamais tenu serrée la main d'Alicia en regardant ailleurs. Mais j'ai souvent rêvé de faire disparaître les grandes personnes qui nous obligeaient à ranger nos jeux alors qu'on s'amusait tant dehors.

« Tu m'as l'air bien pensif, mon petit. C'est à cause de la photographie ?

– Oui. Je ne sais pas pourquoi, mais cette photo est importante.

– Importante ?

– Vous dites que vous l'avez prise l'été où vous êtes partis sur la côte amalfitaine ?

– Oui, mon petit.

– C'est bien l'été où il y a eu cet accident ? Un enfant s'est noyé, vous m'aviez dit la dernière fois, c'est ça ?

– Oui, nous étions absents, Charles et moi. C'est en rentrant d'Italie que nous l'avons appris.

– C'est Rosita qui vous l'a dit ?

– Non, Rosita n'était pas encore à la résidence. Je l'ai fait engager l'année qui a suivi la tragédie. Le gardien à l'époque s'appelait Arnaud. C'est lui qui nous a annoncé la mort de l'enfant.

– Et vous m'avez dit aussi que Félicité avait fait entrer cet enfant de l'extérieur, et qu'elle n'avait plus été la même après ?

– Oui, mais je ne vois pas très bien où tu veux en venir. Et puis nous ne devrions pas avoir ce genre de conversation ensemble.

– Vous avez raison, Hedwige. C'est juste que…

– Oui ?

– Tout au fond de moi, je ressens parfois des choses. Je sais que cela doit vous paraître bien étrange. Après tout, je suis peut-être un garçon extraordinaire. Et je ne dis pas ça pour me rendre intéressant. Mais quelque chose me dit que je dois aller plus loin, pour essayer de comprendre. Un peu comme une clé qui ouvrirait plusieurs portes à la fois.

– Méfie-toi de ce que tu pourrais trouver derrière ces portes, mon petit.

– Je n'ai pas peur.

– En tout cas, si tu as besoin d'une petite vieille qui sait cracher par terre, tu peux compter sur moi.

– C'est gentil. Je peux aussi vous apprendre…

– Non merci! Et fais attention à toi. Souviens-toi de ceci : c'est normal d'avoir peur parfois et de vouloir rentrer dans sa coquille.

– Oui, je sais. Et Katouta, ma tortue, aussi. »

La baronne me sourit. Elle se lève et, tout en s'abritant sous son ombrelle blanche, me dit : « Laisse-toi guider par les lucioles. Cela fait si longtemps qu'elles ne sont pas venues ici. Quand j'étais petite, ma mère me disait que les lucioles étaient magiques pour ceux qui savaient voir la magie. Un petit bonhomme extraordinaire comme toi devrait découvrir sans souci la vraie magie des lucioles. »

MAMAN EST TRISTE CE SOIR. Nous aussi : Pilar s'en va demain matin. Alicia prépare une salade de tomates mozzarella avec des feuilles de basilic et une vinaigrette au citron. Je roule les tranches de jambon fumé que je dispose en étoile dans une assiette. Pilar découpe le melon en tranches avec une goutte de porto pour les enfants sages. Et sages, nous le sommes, Alicia et moi, depuis que la lettre est arrivée ce matin au courrier. Une lettre avec les timbres et le cachet d'un pays lointain. Le pays où papa préfère les grillades *asado a la parrilla*. Victoria, la maman de Pilar, est montée au ciel. Je sais bien que c'est une image. Il n'y a rien de magique quand les gens meurent. Ils ferment leurs yeux pour ne plus jamais les rouvrir. Il suffit de regarder un film policier pour le savoir. Des fois, même, les gens meurent les yeux grands ouverts comme s'ils voulaient se souvenir de tout. Mais quelqu'un passe la main sur leurs paupières et leur télévision se ferme pour toujours. Dans notre famille, à part Pilar, personne ne connaît Victoria. Ses parents n'ont jamais vu les expositions de ma deuxième maman. La France, m'a dit Pilar, est restée pour eux le pays des années difficiles. Guillermo, le père de Pilar, a gagné assez d'argent pour retourner en Argentine avec sa femme.

Pas la jolie maison à Capilla del Señor, avec un toit rose et les volets fermés, qu'a peinte Pilar, mais une *estancia* à San Isidro, à une heure de Buenos Aires, avec de belles fleurs qui font rougir les murs et un jardin pour déplier les transats les jours de beau temps. C'est là que Victoria s'est endormie pour toujours, comme si la tiédeur d'une fin d'après-midi invitait à s'en aller aussi loin. Dans la lettre que Guillermo a envoyée à Pilar, il parle de grande solitude dans une maison vide. Pilar s'est enfermée dans la chambre-atelier pour appeler son papa. Elle en est ressortie les yeux tout rouges. Même maman a encouragé Pilar à partir au plus tôt. Elle a appelé l'aéroport de Nice, où un monsieur lui a donné le vol direct pour Buenos Aires.

Les esprits avaient raison.

Les tomates, la mozzarella, le jambon et le melon au porto ont un drôle de goût, comme si le malheur de Pilar se répandait partout. Pilar se désole de ne pas avoir fini son autoportrait, il aurait suffi de quelques heures, une journée tout au plus. À quoi bon cette ombre qui plane sur l'herbe, cette façon discrète d'entrer dans un tableau, quand le fantôme de sa mère continue sa longue nuit dans un transat où personne n'osera plus jamais s'allonger. Pilar quitte la chaleur de Roquebrune et la fumée des Vogue pour pleurer sa mère et tenter de consoler son père. Une présence aussi effacée que l'ombre du tableau car le père ignore tout de la vie de sa fille. C'est à peine s'il sait qu'elle expose ses toiles un peu partout. De toute façon, pour lui, ce n'est pas un métier. Seule Victoria sait tout de nous et des toiles de sa fille qu'elle a photographiées sur Internet, avant de les enfermer dans un coffret en bois d'eucalyptus. Elle emporte ses secrets, haut dans le ciel, à part le coffret que le père de Pilar n'ouvrira jamais.

Manuel, le chauffeur qui a su se lier à Pilar en retirant ses gants blancs, est mort depuis longtemps. Pilar doit apprendre à vivre sous le même toit qu'un étranger, son père qu'elle connaît à peine. Et en écoutant Pilar, je pense au mien. Un papa qui refuse de grandir et qui tient serrée la main de sa grande sœur. Mais un papa qui sait me prendre dans ses bras et me chuchoter à l'oreille qu'il m'aime plus que tout. J'aime ce « plus que tout ».

Plus que maman et Alicia.

Plus que ses photographies.

Plus que l'appartement chiffon du 9e arrondissement.

Plus que sa girafe en fer où il noue son écharpe et accroche son chapeau.

Plus que Félicité dont il tient la main serrée.

Pilar projette son ombre sur un tableau pour faire peur aux humains qui n'apparaissent sur aucune de ses toiles. La vie est plus douce sans ceux qui vous jugent. Son père n'est qu'un tronc d'arbre, sans creux dedans pour s'y cacher. Avec de grandes branches sèches incapables d'enlacer, sans le moindre bourgeon. Un arbre mort. Voilà comment Pilar voit Guillermo. Et c'est vers ce père absent qu'elle s'envole demain, nous privant, Alicia et moi, de notre deuxième maman, la plus solide, celle qui veille sur nous tous. Je sais que les livres consoleront maman de l'absence de Pilar, comme ils l'ont guérie du mari qui ne voulait pas grandir. Lire, c'est un refuge pour se cacher des autres. Moi, tous ces mots me donnent parfois le tournis. Et j'ai trop peur de tomber à l'intérieur de ces pages qui racontent souvent le malheur du monde. C'est comme écouter de la musique classique. C'est beau, mais ça me rend triste. Alors j'écoute des chansons qui me mettent de bonne humeur, avec des mots étrangers que je ne comprends pas.

Des airs qui me donnent envie de danser même si je ne sais pas. J'ai bien vu Alicia le faire dans sa chambre et je me demande comment elle sait aussi bien bouger avec la musique qu'elle écoute à rendre sourd. On dirait que son corps s'est marié avec. Mais ce soir maman est triste. Elle a mangé juste une tomate. Elle a bu le porto du melon sans le fruit. Demain, la moitié du sien, le magique, sera loin. Elle s'est servi deux verres de vin et elle regarde Pilar comme si elle avait peur d'oublier son visage. Dans une semaine nous rentrons à Bourg-en-Bresse sans Pilar. Je fais signe à Alicia. Il est temps de laisser nos mamans ensemble. On se lève tout doucement. Je serre Pilar très fort contre moi et je lui dis « Je t'aime » à l'oreille. Alicia ne dit rien mais elle reste tout contre elle un long moment, plus longtemps qu'aux retours de fugue où l'épaule de Pilar lui sert de refuge.

Je suis Alicia dans sa chambre. Pas question de m'endormir tout seul après une journée pareille. Le malheur des gens que j'aime me rend triste. Rien à voir avec le journal télévisé et tous ces bouts d'histoires tristes de gens que je ne connais pas et qui s'en vont à cause d'un camion ivre ou d'un tremblement de terre. Si je commence à pleurer sur tous ces inconnus, autant ouvrir le robinet à larmes et ne plus le fermer. Je m'allonge à côté d'Alicia. D'habitude elle ne veut pas. Mais ce soir n'est pas comme les autres. Quand on se réveillera demain matin, Pilar ne sera plus là. Au plafond, la lumière du dehors fait danser les volets. Des zèbres sans tête ni pattes s'étalent pour mieux s'endormir. Je me lève et ouvre un volet. Je dis à Alicia : « Viens voir. » Je sens sa main sur mon épaule. Dehors le parc est couvert de lucioles. Je n'en ai jamais vu autant. Elles dessinent un chemin qui descend vers la mer, là, tout en bas. Du deuxième étage, la mer me semble loin. Le passage des lucioles lui donne des reflets dorés. La lune jaune orangé me paraît plus grosse que d'habitude. On dirait un paysage comme on en voit dans les rêves. Grâce aux lucioles, les arbres du parc ont des yeux pour voir. Les pétales des fleurs retiennent les petits insectes lumineux. Ils aident les lucioles à former une chaîne étrange qui mène droit à la mer comme une flèche pointue.

Tout ce qui s'en va, s'en va vers la mer.

Une petite voix vient de me murmurer cette phrase. Je me retourne. Alicia dort allongée sur le lit. Alors qui m'a touché l'épaule quand j'ai ouvert les volets ? Et qui vient de me parler à l'oreille ? Je referme les volets. Au plafond, les zèbres sans tête ni pattes se sont endormis. La chambre d'Alicia est si calme. Ma sœur respire tout doucement. Je me couche près d'elle, les yeux grands ouverts. J'ai un peu peur. Et si cette main qui m'a touché l'épaule fermait mes yeux pour toujours ? *Tout ce qui s'en va, s'en va vers la mer.* Je bâille si fort que je pourrais avaler toute la chambre d'Alicia. Je suis un petit garçon extraordinaire. Je n'ai peur de rien. Ou presque.

Je n'ai parlé de la petite voix et de la main sur mon épaule à personne. Même pas à Gaspard. Encore moins à Justine. J'ai dû rêver à cause de la magie des lucioles. La baronne a raison. « Les lucioles sont magiques pour ceux qui savent voir la magie. » Et qui peut la voir en dehors de nous, les enfants ? Et puis je n'ai pas envie d'entendre Gaspard ricaner dans mon dos, ni d'effrayer Justine. Ce soir, nous retrouvons les jumeaux à dix-sept heures à l'arbre mort. J'espère que personne ne nous chassera de la Villa Torre Clementina. Tom m'a dit qu'autrefois les gens y faisaient du spiritisme. Maintenant que Pilar est partie, qui pourrait mieux me parler de la petite voix et de la main sur mon épaule que les esprits de la villa ? Je poserai ma question dans ma tête pour que personne ne l'entende et se moque de moi. Et je verrai bien ce que me diront les morts.

Sous le parasol, maman s'est réfugiée dans un livre. Celui qu'elle avait offert à Pilar, la première fois qu'elles se sont rencontrées, *La Rose profonde* de Jorge Luis Borges. J'attends qu'elle baisse ses yeux sur moi.

« Maman, ça parle de quoi ton livre ? » je demande.

Elle retire ses lunettes.

« C'est un recueil de poèmes que l'auteur a publié dans les années soixante-dix. C'est très beau, écoute : "Je suis aussi une épée, sa mémoire / Celle d'un soleil seul et déclinant / Qui se disperse en or, ombre, néant. / Je suis celui qui voit les proues, du port / Je suis ce peu de livres, de gravures / Fatigués par le temps et son usure."

– Oui, c'est beau, mais je ne comprends pas tout. Pilar va bientôt revenir ?

– Je ne sais pas, Victor. Tu sais, Pilar avait très envie de retourner en Argentine. Elle n'avait pas imaginé que cela arriverait aussi tôt. Laissons-lui un peu de temps, tu veux bien ?

– Oui, c'est juste que ça fait tout bizarre de ne pas la voir sur le transat à côté du tien.

– Ce n'est pas la première fois que Pilar s'absente, mon chéri. Tu veux aller nager avec moi ?

– Oui, je veux bien. »

Maman ne nage jamais longtemps. Elle préfère flotter et faire la tortue en fermant les yeux. Son corps paraît si léger, remuant à peine, avec les gouttes salées sur son visage qui disparaissent comme par magie. Je nage seul jusqu'à la bouée jaune et je reviens vers elle, tourne autour de son corps inerte et l'enferme dans mon cercle d'eau. Maman a ouvert un œil et me sourit. Je n'ai pas besoin de la magie des lucioles pour voir tout l'amour qui s'échappe de son sourire. On retourne à l'échelle. Maman me laisse passer devant. Puis elle m'attend et me prend la main. Devant nous, la résidence se dresse au loin comme un château fort. Le soleil joue à cache-cache avec les volets fermés. Je lâche la main de maman pour aller faire pipi. D'habitude je fais dans l'eau. Dans la piscine aussi, même si mes mamans ont essayé de me faire croire que l'eau allait devenir toute verte. La première fois, j'ai eu très peur, mais j'avais trop envie. Maintenant que je sais que l'eau ne change pas de couleur, j'aime faire pipi à la piscine ou dans la mer, même si je sais que ce n'est pas bien. C'est en sortant des toilettes que je tombe sur la gardienne.

« Bonjour Rosita, je dis.

– Ça va, Victor ? Pilar est partie en Argentine ce matin, n'est-ce pas ? »

Je me demande si Rosita n'a pas des yeux derrière la tête et des oreilles dans les poches de sa blouse.

« Oui, sa maman est morte.

– Ah mon Dieu, c'est triste ! »

Je ne vois pas ce que Dieu vient faire ici. D'ailleurs papa dit que le bon Dieu n'est pas si bon que ça, sinon il empêcherait les gens qu'on aime de mourir.

« Oui, c'est triste », je répète.

La gardienne me regarde. Je me demande à cet instant à quoi elle pense. Je ne vais pas tarder à le savoir.

« Dis-moi, Victor, j'aimerais bien te demander quelque chose.

– Oui, quoi ?

– Eh bien, la dernière fois tu m'as parlé de Théo Mesnart, mais tu ne m'as pas dit comment tu en avais entendu parler. Lorenzo nous a interrompus. Je suis curieuse, tu sais !

– Par ses neveux, Tom et Nathan. »

Je n'ose pas en dire plus et, vu la tête de Rosita, je me demande même si j'ai bien fait d'en parler.

« Les jumeaux ? »

Rosita n'a pas dit « Les jumeaux ». Elle l'a crié. Des gens que je ne connais pas dans la résidence se sont retournés. Je sens bien que j'aurais dû tourner ma langue vingt fois dans ma bouche avant de l'ouvrir. Mes petits corbeaux noirs qui ne sourient presque jamais ont l'air d'effrayer Rosita. Elle ressemble à une sœur jumelle d'Augusta. Avec en plus, dans le regard noir, un petit air glacial et menaçant.

« Je n'aime pas qu'on se moque de moi, Victor.

– Mais c'est la vérité, je dis.

– Tu veux me faire croire que tu as parlé avec Tom et Nathan Mesnart ?

– Oui, pas plus tard que la semaine dernière.

– Mais ce n'est pas possible, mon garçon. »

Rosita s'est assise sur le rebord d'un muret. Tout son corps s'est ratatiné. On dirait qu'elle a cent ans.

« Et pourquoi ce n'est pas possible ? je demande.

– Parce qu'ils sont morts il y a bien longtemps », répond doucement Rosita.

Si doucement que je ne suis pas sûr d'avoir bien entendu. La gardienne se lève d'un bond, et s'en va sans me dire au revoir. J'aimerais lui courir après et lui demander si c'est vraiment vrai et comment sont morts les jumeaux. Mais je reste cloué au sol. Et malgré la chaleur sur moi, un courant d'air frais me traverse.

Parce qu'ils sont morts il y a bien longtemps.

Dans les films, les morts sont transparents. Le héros peut passer son bras à travers le corps du mort qui revient sur terre. Moi, j'ai touché Tom et Nathan et je ne les ai pas traversés. Et puis Gaspard et Justine les ont vus aussi. Mais si je leur dis ce que m'a raconté Rosita, ils ne voudront jamais aller jusqu'à l'arbre mort. Et je ne pourrai pas demander aux esprits à qui appartiennent cette petite voix et cette main sur mon épaule. Je vais parler à Tom ou Nathan ce soir. Je suis certain que mes petits corbeaux noirs sont bien vivants. Ils ont dû entendre parler de ces jumeaux-là et de l'oncle Théo. Comme ils n'ont plus de parents, ils se sont inventé un drôle de jeu. Je retourne m'allonger sur l'épais matelas bleu et blanc, près de maman qui lit un autre livre. Alicia se laisse tomber sur le matelas et s'allonge à mes côtés sans retirer sa chemise retroussée jusqu'aux épaules, une chemise blanche trop grande pour elle. Une chemise de papa.

« Victor, chuchote Alicia, je reviens de la plage de la Buse. J'y suis allée faire un tour avec les sœurs Couton.

– Oui, et alors ? je dis tout bas.

– Je me suis renseignée sur tes jumeaux.

– Et tu as trouvé quelque chose ?

– Oui, mais c'est un peu étrange. Au bout de la plage de la Buse, au Cabanon, le garçon qui nous a servi un indien n'a jamais entendu parler de jumeaux habitant dans le coin. Mais un vieux monsieur qui nous observait m'a parlé de jumeaux qui ont vécu dans une maison juste au-dessus du café. D'après lui, ils sont morts dans les années quatre-vingt. Il ne se souvenait plus des prénoms à cause de sa mémoire qui lui joue des tours, mais il s'est rappelé quand même leur oncle Théo qui avait donné des cours d'histoire à l'un de ses petits-fils. Victor, on devrait parler de tout ça à maman.

– S'il te plaît Alicia, ne dis rien. Enfin, pas tout de suite. Tu m'as bien confié des secrets que je n'ai répétés à personne. Même pas à maman.

– C'est vrai.

– Des secrets, mais quels secrets, mes chéris ? »

Maman nous regarde Alicia et moi, ses lunettes tournant entre ses doigts.

« Rien, maman, répond Alicia. Retourne à ton livre. C'est juste entre Victor et moi et ça n'a aucune importance. »

Maman nous sourit et repose les lunettes basses sur son nez qui pèle. Comme chaque été. On se regarde longuement, Alicia et moi, comme si on jouait à celui qui fera baisser le regard de l'autre le premier. Je gagne. Dans une petite heure, j'ai rendez-vous à l'arbre mort, une rencontre avec les jumeaux que je ne manquerais pour rien au monde. Avec Gaspard et Justine, je ne risque rien. Ce n'est pas comme si je me retrouvais seul avec les jumeaux. Et je ne crois pas que mes petits corbeaux noirs, même s'ils sont morts, veuillent me faire du mal. Je réalise d'un coup que j'ai rencontré les jumeaux le lendemain de l'apparition des lucioles pour la première fois.

SUR MA MONTRE, Wendy et Peter Pan se rapprochent de dix-sept heures. Justine porte un short kaki, des baskets blanches et un polo bleu marine. Elle marche au-devant des jumeaux, assis sur leurs talons, comme assombris dans l'ombre grandissante de l'arbre mort. Nathan porte sa besace en bandoulière. Tom rougit quand Justine l'embrasse et ça se voit à cause de sa peau trop blanche. Je me demande où les jumeaux peuvent passer leurs journées pour ressembler à un œuf dur sans sa coquille. Je serre la main de Tom et j'emprisonne celle de Nathan qui la retire aussitôt. J'ai bien senti leurs doigts et la chaleur de leurs paumes. Si les jumeaux sont des fantômes, je n'en ai jamais vu des comme ça. Gaspard se contente d'un « salut » sans toucher les deux frères.

« Vous n'êtes pas très bronzés », je dis.

Tom me regarde. Il ne sourit pas.

« Nathan et moi, on n'aime pas trop le soleil. On préfère lire sous un arbre ou étudier à la maison.

– Ah bon, et vous lisez quoi ? je demande.

– *Les Désastreuses Aventures des orphelins Baudelaire.* Treize tomes, ça prend du temps. Je n'aime pas la fin, mais je relis souvent le début, *Tout commence mal...* ou *Le Laboratoire aux serpents*. Trop bien. Nathan adore *Geronimo Stilton*. Je le soupçonne d'être amoureux de Téa, la sœur de la souris, aventurière et ceinture noire de karaté. »

Nathan pince son frère au bras.

« Tu parles trop, dit-il à Tom.

– Et vous étudiez quoi ? demande Justine.

– L'histoire ! répondent les deux frères d'une seule voix.

– Mais vous allez bien vous baigner de temps en temps ? dit Gaspard.

– Non, Tom et moi, on a peur de l'eau. Depuis longtemps. »

C'est étrange d'avoir peur de l'eau quand on vit au bord de la mer. Mais je garde ça pour moi. Je sens bien que Nathan n'aime pas trop les questions. Le sentier se fait plus étroit et nous oblige à nous suivre. Nathan est notre guide. Je ferme la marche. Sur ma gauche, mon regard passe au-dessus des pins dont les plus hautes branches s'achèvent comme une main aux doigts tendus. Un vent tiède fait frissonner les plus fines qui me saluent sur mon passage. Tout en bas, des rochers blancs aussi troués que du gruyère s'étalent vers la mer. Un ponton en bois a été construit sur ces rochers. Je me demande bien comment on y accède. On se baisse plusieurs fois pour passer sous le tronc des arbres qui traversent le chemin. De grosses racines amoureuses m'obligent à regarder le sol pour ne pas tomber. Je n'aime pas les racines et je fais attention de ne pas les toucher. Elles ressemblent à de gros serpents endormis et je ne tiens pas à les réveiller. Au tournant, le sentier s'agrandit. Nathan vient de s'arrêter devant un grillage et nous fait signe de passer derrière lui. Il sort une tenaille de sa besace et découpe notre porte d'entrée. Ça fait rigoler Justine qui n'a peur de rien sauf d'Augusta. Je sais bien qu'on ne devrait pas être là et encore moins entrer dans la villa de cette façon. Je pense un instant aux gendarmes qui pourraient nous ramener du sentier à la résidence. J'efface les sourires de nos mamans qui nous espèrent sages. Diablotins, c'est plus tentant, à condition de ne pas se faire prendre. Gaspard me regarde et, à sa tronche, il pense comme moi. Ce qui ne nous empêche pas de nous glisser tous sous le grillage découpé que Nathan referme derrière nous avec des nœuds en fil de fer. L'herbe nous arrive à la taille. Au loin, une tour se dresse, haute à toucher le ciel. Pourvu que personne ne nous observe à l'une de ces fenêtres étroites, une paire de jumelles à la main, tandis que l'autre appelle la police. Le chemin est bordé d'arbres immenses qui tremblent sur notre passage à cause du vent. Les regarder me donne le vertige. De gros pots sculptés renferment des plantes grasses qui s'affaissent comme épuisées par la chaleur. Certaines d'entre elles, furieuses d'être enfermées, ont éventré la terre cuite et de vilaines racines surgissent, nous montrant du doigt. Je me demande combien de personnes ont dû porter ces gros pots plus hauts que moi. Au sol, des fleurs rouges et blanches surgissent d'un jardin de pierre. On dirait une tombe sans son chapeau. On en voit beaucoup dans les films de vampires. Nathan dit qu'il s'agit d'un sarcophage. Je dis : « C'est quoi un sarcophage ? » Et Tom me répond, un peu peiné : « C'est une tombe pour les Égyptiens. » C'est bien ce que je pensais, à part les Égyptiens. Entre les arbres penchés et tournés vers la mer apparaît une terrasse avec des chaises longues et des petits murs de pierre séparés par deux colonnes en marbre, mangées par la verdure qui s'enroule tout autour. Sur un des transats, des lunettes de soleil m'inquiètent. Et si la dame qui les avait oubliées s'en souvenait ? Au fond de la terrasse une toute petite maison est coiffée d'un toit en brique rouge. Personne n'y vit à part les herbes et la terre. Gaspard me souffle à l'oreille que ça ferait un super barbecue. Je ne suis pas sûr que cela enchante les arbres tournés vers la mer. Peut-être même qu'ils en profiteraient pour s'enfuir sur la pointe des racines et filer droit se cacher sous l'eau bleue. Derrière un bosquet d'arbres et de buissons, nous marchons le long de colonnes posées sur un mur de pierre avec au sommet des arcs de brique reliés entre eux. Puis on s'arrête devant un bassin d'eau verdâtre où nagent des nénuphars. On se regarde tous les trois, Justine, Gaspard et moi, dans l'eau miroir. Nos corps semblent flotter à la surface du bassin. Les jumeaux, eux, se sont écartés, sûrement parce qu'ils ont peur de l'eau. Un grand escalier s'étend devant nous, avec de longues marches toutes plates. Si j'allonge mes pas, je peux en monter trois ou quatre à la fois. De chaque côté les pieds des arbres sont entourés de massifs d'épines, ronds comme d'énormes ballons de rugby. Je ne serais pas surpris de voir apparaître des lions ou des éléphants. Heureusement, à part nous cinq et les cigales qui chantonnent, aucun animal de la jungle ne pointe son museau. C'est comme se promener dans une forêt sauf qu'on est chez quelqu'un. Justine se rapproche de moi et glisse son bras sous le mien.

« Je ne regrette pas d'être passée sous le grillage. » Je lui souris. Moi non plus.

De longues tiges immenses et recouvertes de petites fleurs violettes se balancent sous le vent. La Villa Torre Clementina se montre enfin, imposante, presque terrifiante comme un gros mammouth assoupi. La tour que je pouvais apercevoir d'en bas se dresse maintenant haute et fière comme un phare. Le soleil caresse ses pierres blanches et grises et entre par les petites fenêtres si étroites que même un enfant ne pourrait s'y pencher. Je n'ai pas vu Nathan ouvrir la porte principale. L'entrée est immense avec des tableaux accrochés aux murs et de drôles de sculptures comme le visage d'une dame en pierre avec ses cheveux qui semblent flotter sur le côté. Dans un tableau, une autre dame avec des plumes sur le crâne tient la tête tranchée d'un monsieur par ses longs cheveux que lui présente, sur un plateau, une servante aux seins nus. Je préfère les tableaux de Pilar. Celui-là me fout la trouille.

« Ernesta Stern fit construire cette villa en 1904, raconte Tom. Elle a épousé deux banquiers, un Italien puis un Français. Jean Cocteau le poète la préférait sous le nom de Maria Star. Un pseudonyme qu'elle utilisait comme écrivain. Elle a publié aussi des contes, des poèmes. Et contribué généreusement à la construction de l'hôpital et de la maternité de Menton. »

Gaspard me souffle à l'oreille : « C'est sûr qu'avec deux maris banquiers, ça aide. » N'empêche que Tom m'épate. Mort ou pas. Comment fait-il pour retenir l'histoire de ces villas ? Et qui la lui a apprise puisque l'oncle Théo a disparu depuis cinq ans ? Penser à demander à maman qui exactement est Jean Cocteau et si elle connaît les livres de Maria Star. C'est un peu nul comme nom, Maria Star. On dirait celui d'une chanteuse qui se présente à la *Nouvelle Star*. À l'angle d'un mur, une dame toute nue en bronze vert me sourit. Je lui tourne le dos après lui avoir tiré la langue. Nathan nous entraîne dans un grand salon au parquet ciré. Tom ouvre les rideaux immenses, puis les persiennes à l'extérieur. La lumière inonde la pièce et se répand sur d'étranges tableaux accrochés aux murs. De longues écharpes de couleur vive flottent à l'intérieur des cadres. Au centre, un œil regarde dans une direction, jamais la même. Impossible d'échapper à ces toiles, elles cernent le salon. Au sol s'élèvent des colonnes de marbre noir et des paravents avec des dessins bizarres, comme on en voit dans les mangas de Damien, le premier de la classe. Les tigres et les éléphants qui me faisaient peur dans l'allée ont leurs têtes épinglées au mur. L'œil du tigre est en colère, ses grosses canines ne mordent plus que la poussière. Les oreilles de l'éléphant sont repliées, fatiguées d'entendre le silence. Seules ses défenses inviteraient papa à y abandonner son chapeau. Au centre de la pièce trône une belle table ronde avec un chemin en dentelle et cinq chaises hautes sur lesquelles Nathan nous invite à nous asseoir. Il retire le chemin de dentelle qu'il range dans un tiroir. Puis il fait un signe à Tom qui ferme tous les épais rideaux du salon.

« Ernesta adorait l'ésotérisme, dit Nathan. Elle organisait souvent des séances de cartes avec ses amies ici même. Elle entrait en contact avec les esprits et pouvait aussi bien parler avec Napoléon Ier qu'avec Moïse.

– Moïse a ouvert la mer en portant les Dix Commandements… J'ai vu le film avec maman et Pilar. Trop cool. »

Tom me jette un regard noir. Je baisse la tête. De toute façon je ne sais pas qui est Napoléon Ier.

– Je n'ai jamais fait de spiritisme, murmure Justine.

– Ne t'inquiète pas, Justine, je dis. J'en ai souvent fait avec Pilar, souviens-toi. Tu vas voir, c'est super.

– Faut voir, couine Gaspard.

– Et où sont les cartes ? je demande à Nathan.

– Là. »

Nathan ouvre sa besace. Il en sort un jeu que je reconnais, le tarot divinatoire. Pilar a les mêmes. Nathan dispose les cartes par rangées, faces cachées. Puis on tend nos bras en s'attrapant les mains et en fermant les yeux. Un étonnant silence tombe dans la pièce. J'ouvre un œil. Justine en fait autant. On se sourit et puis on retourne au noir.

« Victor, dit Nathan, tu as une question ?

– Oui, je réponds, mais je préférerais la poser dans ma tête.

– Comme tu veux. Dis-nous quand ce sera fait. »

Je pense très fort à la petite voix qui m'a murmuré : *Tout ce qui s'en va, s'en va vers la mer*, et à la main sur mon épaule ce soir-là, qui n'était pas celle d'Alicia.

« C'est fait », je dis.

J'ouvre les paupières. Quatre paires d'yeux me fixent, sans oublier ceux des tableaux. Nathan me demande de choisir une carte au hasard qu'il retourne et observe entre ses doigts.

« Selon l'Étoile, la réponse à ta question est liée à un passage entre deux moments importants dans ta vie. Mais il faut que tu tires une deuxième carte. »

Je montre du doigt celle qui m'attire, un peu cachée sous les autres cartes.

« Ah, tu as choisi le Chariot. Tu es comme le guerrier qui triomphe sur son char. Bientôt toute la vérité te sera dévoilée. Voilà. Justine, tu veux essayer ?

– Oui, et comme Victor, j'aimerais ne pas poser ma question à voix haute. »

Bientôt toute la vérité te sera dévoilée.

Pilar m'a dit : « Le problème des cartes, c'est qu'elles n'indiquent jamais le temps exact. » J'aurais préféré que la vérité me soit dévoilée tout de suite. Je sais déjà que les jumeaux sont morts. De quelle vérité peut-il s'agir ?

Je me demande aussi à quoi peut bien penser Justine. À moi ?

« Je suis prête, dit Justine en choisissant une carte.

– Oh, rugit Nathan, l'Arcane Sans Nom, la carte de la Mort. Mais il s'agit aussi d'une renaissance, d'un bref passage sur terre. Est-ce que cela répond à ta question, Justine ?

– Oui, enfin, je suppose. »

Justine me regarde, soucieuse. Ses yeux verts sont un lac où j'aimerais nager, quelle que soit sa tempête. Je pose ma main sur sa joue. Gaspard rigole. Ça ne va pas plaire aux esprits qui, de toute façon, ne l'intéressent pas. Gaspard ne veut rien savoir. Moi, je donnerais tout pour connaître la question de Justine puisque sa réponse a assombri le vert de ses yeux. Tom fait entrer le soleil en tirant les rideaux. Nathan range les cartes dans sa besace.

« Tu fais souvent des séances de spiritisme ici ? je demande.

– Oui, avec Tom, quand on sait que personne ne pourra nous surprendre.

– Ah, OK. Je boirais bien un verre d'eau. Tu sais où est la cuisine ?

– Bien sûr. Suis-moi. »

Nathan m'entraîne derrière une haute porte en bois. Une table en chêne et huit chaises occupent le milieu de la pièce aussi grande que notre appartement à la résidence. Des casseroles en cuivre de toutes les tailles sont suspendues sous une étagère où brillent des cafetières et des théières en argent. Les battants d'un monte-charge sont ouverts. Je ne sais pas pourquoi, mais je les referme. Le frigidaire est immense et vide, heureusement. J'ouvre un placard au hasard avec des piles d'assiettes toutes pareilles, blanches et cerclées d'or. Je trouve un verre à pied dans un deuxième placard, si fin entre mes doigts que j'ai peur qu'il se brise avec l'eau dedans. Je le range tout doucement et je bois l'eau du robinet, ma tête penchée sous le jet frais.

Quand je relève la tête, Nathan me regarde fixement. Et pour la première fois, il me sourit.

« Victor, dit Nathan, il est temps qu'on te dise toute la vérité comme les cartes l'ont annoncé. Mais pas ici. Juste nous trois. Tu peux nous retrouver demain matin à neuf heures à la plage de la Buse, au Cabanon ? »

Nathan a parlé si doucement qu'il m'a semblé reconnaître la petite voix qui me murmurait l'autre soir : « Tout ce qui s'en va, s'en va vers la mer. » Je regarde mon premier mort. Je suis le petit homme qui n'a peur de rien.

« Oui, j'y serai.

– Très bien. Allons retrouver les autres. »

Tom a refermé la porte de la maison. Nathan sort une grande clé de sa besace et ouvre le portail immense par lequel nous nous échappons les uns après les autres. C'est la première fois que nous sortons par l'entrée principale qui mène sur la route du domaine privé du Cap-Martin. Nous longeons ses grilles pointues, ses palmiers mal peignés, à la coiffure hirsute, ses murs qui protègent les villas des petits curieux comme nous. Sur cette route goudronnée nous ne croisons personne, même pas une seule voiture. Une route fantôme bordée de villas et châteaux sans rois ni reines. Justine attrape mon bras. Elle dit : « Tu penses à quoi ? » et moi je réponds : « À toi. » Ça fait sourire ma petite fée. Tom et Nathan s'arrêtent au croisement de la résidence et nous font un signe de la main avant de disparaître dans un tournant. Le hall de la résidence est aussi frais qu'un jour d'octobre. Je frissonne.

« Je pense qu'il vaut mieux ne pas raconter notre après-midi à qui que ce soit, dit Gaspard. Moi, ces jumeaux, je ne les sens pas. On est quand même entrés dans une propriété privée avec un grillage découpé à la tenaille. Et toutes ces clés pour ouvrir et refermer les portes, d'où viennent-elles ? Je me demande même si ces garçons ne les ont pas volées. On s'est bien amusés, mais ça commence à ressembler aux bêtises de mes frères.

– Tu exagères, Gaspard, je réponds. Les jumeaux ne t'ont pas demandé d'attacher la queue d'un chat au radiateur, encore moins d'endormir qui que ce soit. »

Une famille russe avec des tas d'enfants traverse le hall. Justine nous attire à l'écart.

« Quand on s'est promenés dans les jardins de Torre Clementina, vous vous souvenez du bassin avec les nénuphars ?

– Oui, Justine, pourquoi ? je demande, intrigué.

– Nous étions tous alignés et l'eau du bassin nous renvoyait nos reflets. Les jumeaux se sont écartés mais pas assez vite.

– Je comprends rien, boude Gaspard.

– En fait tous nos reflets apparaissaient sauf ceux des jumeaux, dit Justine. Sur le moment j'ai trouvé ça bizarre et puis, dans la villa, j'ai remarqué que Tom et Nathan évitaient de passer devant les miroirs. »

Gaspard a la bouche grande ouverte. Il me regarde.

« Tu savais ?

– Non, pas ça. Pire. L'oncle Théo et les jumeaux sont morts tous les trois. C'est Rosita qui me l'a dit. Puis Alicia est allée au Cabanon à la plage de la Buse, et un vieux monsieur lui a même confirmé que Tom et Nathan le sont depuis une trentaine d'années.

– Mais Victor, jappe Gaspard, on a passé deux après-midi avec eux. Justine les a même embrassés ! C'est du délire. Je vais appeler Gontran. Il saura sûrement quoi faire.

– C'est idiot, je réponds, il est au Mexique. Et puis, tu vas l'affoler et il va se contenter de prévenir tes parents. On aura l'air de quoi avec nos histoires de fantômes ? Après tout, il y a peut-être une explication toute simple à laquelle nous n'avons pas pensé.

– Oui, tu as raison, dit Gaspard. Les fantômes, de toute façon, ça n'existe pas. Bon, je monte à l'appart. J'ai trop faim. À bientôt les amoureux. »

Gaspard prend les escaliers. Justine passe sa main dans ses cheveux blonds.

« Tu crois comme Gaspard que les fantômes n'existent pas ? demande Justine.

– Je ne sais pas. Je n'en avais jamais vu avant Tom et Nathan. Ta question pendant la séance, c'était à propos des jumeaux ?

– Oui, et la carte de la Mort parlait d'un bref passage sur terre.

– Je les vois demain matin.

– Comment ça ?

– Nathan m'a donné un rendez-vous, pendant que nous étions à la cuisine.

– Tu veux que je vienne avec toi ? »

Je regarde ma petite aventurière qui n'a pas peur des fantômes. Je dis non avec la tête. Si je viens avec Justine, je ferai fuir les jumeaux. N'est-ce pas ce qu'ils ont fait à la Villa Cyrnos quand le vieux barbu nous a chassés ? Les jumeaux ne peuvent pas se refléter dans les miroirs et l'eau d'un bassin. Peut-être que les adultes ne les voient pas non plus, ce qui expliquerait leur soudaine disparition. L'un de nous trois s'en serait aperçu, tout comme Justine l'a remarqué dans l'eau du bassin. Et pourquoi nous ? Parce qu'à neuf ans on croit aux fantômes et aux fées ? Pourtant j'ai toujours su que le Père Noël n'existait pas. Il ressemblait trop à papa. Je me demande encore pourquoi il apparaissait dans ce costume grotesque. Papa avait beau rugir pour me faire peur, je trouvais ça nul. Un papa, ça ne rugit pas. Ça tend ses bras pour qu'on se jette dedans. Demain, je connaîtrai toute la vérité. Si ça trouve, Tom et Nathan sont des petits garçons normaux, comme Gaspard et moi.

En ouvrant mes volets ce matin, je remarque aussitôt que le soleil est resté au lit. Le ciel a la couleur des cheveux d'Augusta. Une pluie fine fait briller la grande terrasse de la résidence et personne ne s'y promène. La plage, sans parasols ni matelas, ressemble à un labyrinthe avec ses petits murets. Comme souvent, Alicia ne se lèvera pas avant midi. Maman a déjà pris son petit déjeuner et m'attend dans la cuisine, cachée derrière un livre.

C'est rare de voir maman au petit déjeuner sans son livre à la main. La dernière fois, c'était quand Pilar est partie en Argentine. Ce matin-là, elle a nettoyé tous les placards de la cuisine avec ses gants roses et son éponge verte. Quand j'étais plus petit, je me souviens qu'elle étalait parfois des tas de papiers sur la table de la cuisine. Il y avait juste assez de place pour mon bol de chocolat. Elle disait : « Mais comment va-t-il s'en sortir cette fois-ci ? » comme si elle parlait à sa calculette qui additionnait les chiffres. Puis elle appelait papa et ça bardait pire que le jour où j'ai cassé le vase chinois que lui avait offert sa maman qui le tenait de la sienne.

Je bois mon chocolat chaud. J'embrasse maman sur le front et je dis : « Je vais me promener. » Le livre de maman doit être prenant car elle me répond : « Amuse-toi bien. » Une maman normale m'aurait retenu à la maison à cause de la pluie, mais pas la mienne. Je l'adore, ma maman. Je prends le parapluie orange près de la porte et je sors.

Ce n'est pas facile de se promener sur le chemin des douaniers avec un parapluie, surtout quand on est pressé de connaître la vérité. Les arbres ne sont pas d'accord. Ou leur tronc qui traverse le chemin et m'oblige à passer dessous, le parapluie refermé. La mer ressemble au ciel, avec une couleur de route goudronnée. Je passe devant la Villa Cypris et sous son pont à colonnade. Et bientôt je dépasse la Villa Cyrnos et la Villa Torre Clementina. Les fils de fer que Nathan a découpés hier s'accrochent toujours au grillage. J'essaye d'éviter les flaques d'eau sur le chemin où mes pieds se noient. La pluie dégouline sur les arbres qui respirent tout contents et étirent leurs longues branches paresseuses. Les feuilles sont comme des cuillères qui retiennent l'eau de pluie en attendant les oiseaux. La terre se change en boue. Tout étincelle comme si la pluie était une maman en plein ménage, sans gants roses ni éponge verte. J'ai la tête mouillée à cause du parapluie que je dois souvent replier. Je n'ai jamais marché aussi loin sur ce chemin des douaniers, ni aussi vite. Je me retrouve sur un passage sans protection. Sur ma gauche, la pierre descend à pic sur des amas de rochers couchés comme de gros hippopotames. Et sur ma droite, un pin dans un énorme pot de pierre menace de s'écrouler. La pluie glisse sur ses épines et j'ouvre mon parapluie sous sa douche. Je dois traverser une grande passerelle en fer avec des tas de petits trous qui ne me plaisent pas du tout. Je sais bien que je ne peux pas passer au travers, mais je vais voir le vide en dessous, et ça, je n'aime pas. Je retiens ma respiration et je cours sur ce pont, me collant au mur. Au bout, sur un petit muret, je tombe sur des carreaux de mosaïque bleus qui me disent « Je t'aime », et je pense fort à Justine. Je descends des escaliers en fer. Le chemin s'agrandit. Des rochers se dressent comme des cristaux, lavés régulièrement par les vagues en colère. Puis l'eau s'apaise tout en bas et se change en mousse bouillonnante avant de s'évaporer. Sur un chemin de terre qui descend vers la mer, un éboulis de cailloux me fait trébucher. Je me rattrape de justesse à la rampe d'un escalier de pierre, bordé de feuilles sèches et noyé d'eau de pluie. Je l'emprunte prudemment. Au-dessus d'un toit de tôle, un figuier étale ses mains plates et ses bouts de doigts orange. Je suis arrivé au cabanon de Le Corbusier où une silhouette noire se découpe sur un fond blanc, rouge et jaune. La silhouette ressemble à celle des stands où les policiers dans les séries américaines s'entraînent à tirer. Maman et Pilar sont déjà venues ici. Elles m'ont raconté que Le Corbusier, qui n'était pas son vrai nom, était un grand architecte, peintre et sculpteur. Il est mort ici à Roquebrune et c'est pour ça que le chemin des douaniers s'appelle maintenant la promenade Le Corbusier. Il y a même à l'entrée du chemin un buste du monsieur avec ses lunettes sous une colonne de pierre blanche, avec une plaque de marbre où est écrit son vrai nom que j'ai oublié. La faute à Rosita qui ne l'a pas mentionné dans sa dictée. Je descends une vingtaine de marches et bientôt je saute à pieds joints sur la plage de galets. Je m'enfonce un peu dans ces pierres grises, blanches et brunes toutes luisantes de pluie. Au café Le Cabanon, j'aperçois mes deux jumeaux assis à une table. Je sais à leurs yeux qu'ils m'ont vu, mais ils ne me font aucun signe. Le serveur derrière son bar lave des verres. Je vais m'asseoir à la table de mes petits corbeaux, tout secs, comme s'ils m'attendaient depuis des heures. Tom fait chut avec son doigt au moment où le serveur arrive.

« Que souhaitez-vous mon garçon ? me demande-t-il.

– Une limonade s'il vous plaît », je réponds.

Le serveur se retire comme s'il n'avait pas vu les jumeaux. Tom et Nathan ont posé leurs bras sur la table et ils m'adressent tous deux un étrange sourire.

« Je suis le seul à vous voir, je dis, c'est ça ?

– Évite de parler trop fort, Victor, dit Nathan. Sinon on va te prendre pour un dingo ici.

– Alors, c'est vrai, je murmure, vous êtes vraiment morts ?

– Oui Tom et moi, nous avions ton âge exactement quand c'est arrivé.

– Et pourquoi je peux vous voir, tout comme Gaspard et Justine ?

– Parce qu'on le veut bien. Les adultes, eux, ne nous voient pas. En fait, c'est en partie à cause de toi que nous sommes revenus.

– À cause de moi ? »

J'en avale ma salive. Dehors la pluie dessine un rideau entre le café et la plage.

« En fait pas exactement. Plutôt à cause de ton papa. »

Entendre « papa » dans la bouche de Nathan me fout la trouille tout à coup. J'ai peur de la suite. Et pourtant je suis venu jusqu'ici pour connaître la vérité. Le petit homme. Je suis un petit homme.

« Notre oncle Théo, tu le sais, était professeur d'histoire. C'est lui qui nous a tout appris. Il donnait souvent des cours privés à des enfants de la résidence. Parfois, nous l'accompagnions et l'attendions au bord de la piscine ou sur la plage de béton. Tom et moi adorions nager à l'époque. Et nous profitions de la résidence même en dehors des heures de cours. Ce n'était pas difficile d'y entrer, ne serait-ce que par le grillage près de la plage, comme tu sais. Un jour, nous avons fait la connaissance d'une fille de notre âge. Tom et moi l'avons aussitôt repérée. Elle ne ressemblait en rien aux filles de Roquebrune ou de Menton que nous connaissions. Elle avait un côté effronté qui nous a tout de suite plu. Elle se moquait des garçons qu'elle poussait dans la piscine. Elle courait si vite que personne ne pouvait la rattraper. Elle était brune, avec de beaux yeux verts, un regard qui nous faisait frissonner, Tom et moi. Et quand elle nous a aperçus la première fois, elle a cessé de jouer avec ses amis comme s'ils ne l'étaient plus. Nous nous sommes présentés. Elle s'appelait Félicité.

– La sœur de papa, je dis.

– Oui. D'ailleurs on a rencontré aussi ton père, collé à Félicité. François guettait toujours un signe de sa sœur pour aller se baigner ou pour jouer. Je crois qu'il nous aimait bien, parce que nous faisions attention à elle. Et parce que nous étions, comme ton père et Félicité, des enfants extérieurs à la résidence. Tes grands-parents vivaient à Menton. On les voyait rarement, trop accaparés par leurs métiers, laissant Félicité veiller sur François. Nous nous promenions souvent tous les quatre sur le chemin des douaniers. L'oncle Théo connaissait bien les propriétaires de certaines villas pour donner des cours à leurs enfants ou leurs petits-enfants et, grâce à lui, nous avons pu y emmener Félicité et François. Félicité était fascinée par l'histoire des villas et ces jardins où elle aimait se cacher. Elle disparaissait derrière les massifs ou les colonnes de marbre, s'allongeait près des bassins, respirait les fleurs et les plantes dont elle connaissait les noms. Un jour de tempête, nous sommes allés à la résidence. Félicité voulait nager en pleine mer pour voir au loin la résidence "comme un gros paquebot à la dérive". Elle a dit : "Si vous m'aimez vraiment, vous devez tous nager avec moi." C'était stupide, mais Tom et moi ne pouvions rien refuser à Félicité. Ton père a essayé de la faire changer d'avis, mais elle ne l'a pas écouté. De toute façon, Félicité obtenait toujours ce qu'elle voulait. Les vagues recouvraient la passerelle et nous avons tous sauté à l'eau, excités par le danger. Sauf ton père, mais il a quand même fait le grand saut. La mer était trop déchaînée pour qu'on puisse nager. Nous avons tenté de revenir vers la grande échelle, mais les courants nous emportaient au large. Nous étions trop légers dans cette mer en colère. Par miracle, Félicité et ton père ont pu rejoindre l'échelle. Ils se sont agrippés l'un à l'autre pour remonter tandis que les vagues tentaient de les reprendre. En haut de l'échelle, ils ont été projetés en avant par une vague monstrueuse qui les a sauvés. Pourtant ton père est revenu jusqu'au bord. Il voulait nous sauver. Il tenait l'échelle à deux mains et devait se rendre compte qu'il ne pourrait rien pour nous. Tom a disparu le premier. Je criais et je buvais des litres salés. Entre les vagues, j'apercevais François accroché à l'échelle, refusant de partir. J'ai disparu à mon tour, emporté par une méchante vague qui m'a roulé dans le sable, et ma tête a heurté un rocher.

– La baronne à la résidence m'a parlé d'un enfant décédé ce jour-là.

– La baronne n'était pas à la résidence ce jour-là, Victor. Elle s'est trompée ou a dû mal comprendre ce que lui racontait le gardien. De toute façon, les jumeaux ne font qu'un. Nous sommes bien morts ce jour-là.

– Et pourquoi me raconter tout ça ?

– Parce que tu sais maintenant pourquoi ton père refuse de grandir. Il souffre encore de ne pas nous avoir sauvés. Il est temps pour ton père d'affronter ses peurs.

– Mais papa est loin, quelque part près d'Annecy.

– Non, Victor. Ton père vient d'arriver à la résidence.

– C'est impossible, Nathan, il n'est pas ici !

– Si, Victor. Pour la première fois depuis trente ans. »

Dehors la pluie résonne sur les galets et inonde le chemin des douaniers. Le serveur emporte mon verre. J'ai tourné ma tête vers le gris du dehors et Tom et Nathan en ont profité pour disparaître. Je frissonne. Je ne suis pas un petit homme. J'ai neuf ans, je m'appelle Victor Beauregard. J'ai deux mamans dont une en Argentine. Et un papa qui vient d'arriver à la résidence. Un papa qui doit affronter ses peurs. *Ça veut dire quoi ?* Je règle ma limonade au serveur, j'ouvre mon parapluie orange, je remonte les escaliers et je retourne sur la passerelle sans en avoir peur. Sur le chemin, je manque de tomber plus d'une fois. Je marche trop vite. Je ne regarde plus les arbres, ni les toits des villas au loin, ni les rochers en forme d'hippopotames. Juste les racines serpents qui luisent comme des écailles au soleil. Par moments, je jette un coup d'œil vers la mer qui essaye de m'atteindre avec ses longs bras impuissants. Je m'écarte du bord, me colle aux rochers qui déchirent mon tee-shirt à l'épaule. Une égratignure de rien du tout. Je vois Tom disparaître sous l'eau grise. J'entends le cri de Nathan. Je me bouche les oreilles avec les mains. Je n'ai jamais parcouru ce chemin aussi vite. Juste avant la résidence, j'aperçois Gaspard et Justine sous un parapluie noir. Je leur fais signe de rentrer, mais ils ne bougent pas. Ils se sont rendus à l'arbre mort où plus aucun message ne nous attendra. Justine a prévenu Gaspard et mes deux amis m'attendent. Justinc s'écarte de Gaspard et s'avance vers moi. Je cours vers elle. Le tonnerre gronde comme une explosion. Je sursaute. La foudre tombe d'un seul coup. Un éclair s'abat sur l'arbre mort qui bascule en arrière, entraînant Gaspard dans sa chute. Je crie à Justine de prévenir mon père et les pompiers, et sans réfléchir je saute dans le vide, derrière Gaspard, en priant le bon Dieu, s'il existe, de ne pas m'écraser sur les rochers.

LE BON DIEU N'EST PAS SOURD, j'ai plongé dans l'eau noire en fermant les yeux. J'avais trop peur de croiser Tom ou Nathan sous l'eau. À la surface je reçois une baffe d'eau salée. Gaspard tient contre lui un morceau de l'arbre mort et il ne fait pas le fier. Lui aussi est bien tombé. Merci mon Dieu. C'est promis, je ne me moquerai plus de toi. Le courant m'emmène vers Gaspard. Le plus difficile, je le sais, sera de revenir avec mon meilleur ami vers le bord. Et d'escalader les rochers sous le vent et la pluie. J'espère que les jumeaux disent la vérité et que mon père est bien à la résidence. Je ne me vois pas flotter des heures dans cette eau furibarde.

« Ça va, Gaspard ?

– Je préférerais être à Playa del Carmen avec mes frères, si tu veux tout savoir. Et puis je n'ai pas pied ici, je n'aime pas trop. J'ai un peu mal aux jambes et je ne me souviens pas de grand-chose à part la foudre et ma chute.

– Justine est allée chercher du secours.

– Tant mieux, parce que ce n'est pas super confort. »

On se regarde avec Gaspard et ça nous fait rigoler. Bon ce n'est pas vraiment le moment de se marrer avec toute cette tempête et la mer qui danse le rock, un peu comme Alicia devant son grand miroir. J'avale l'eau salée. Je m'accroche au tronc de Gaspard. On dérive. Mes jambes ont beau frapper l'eau, le vent a ouvert grand sa bouche et s'amuse à nous éloigner de la résidence. Vu de la mer, le Grand Hôtel est un gâteau sorti de sa boîte, tout en meringues et framboises. Les volets sont en pâte d'amande. Le parc est tout en légumes verts, haricots verts, petits pois et épinards.

N'est-ce pas ce que voulait voir Félicité?

Je me demande où les lucioles peuvent se cacher par un temps si triste quand j'entends des cris. Je ne suis pas tout à fait certain de les avoir entendus à cause du boucan que font les vagues en s'écrasant sur les rochers. Et pourtant, tout là-haut, c'est bien papa que j'aperçois avec maman et Alicia. Juste à côté, droits comme les colonnes de Torre Clementina, Justine et ses parents, ceux de Gaspard, Augusta et des tas de pompiers. J'ai des picotements dans les yeux et ce n'est pas à cause de la mer. Pourtant de là où nous sommes, Gaspard et moi, tout ce petit monde n'est pas plus grand que des lucioles. Mes lucioles. Je pense à la baronne qui m'a dit : « Un petit bonhomme extraordinaire comme toi devrait découvrir sans souci la vraie magie des lucioles. » Et je crois que je n'en suis pas loin. Les pompiers courent après papa qui vient de plonger de la grande échelle, tout habillé avec sa chemise à carreaux et son portefeuille, toujours rangé dans la poche arrière de ses pantalons. Maman va râler à cause des billets qu'il va falloir repasser. En attendant, elle lève les bras au ciel comme si la réponse s'y trouvait. Les pompiers, eux, n'ont pas sauté. Justine et Alicia s'approchent de l'échelle, bravant la pluie battante, laissant le parapluie aux mamans. Des parapluies d'ailleurs qui se retournent à cause du vent et ne servent à rien. Gisèle vient récupérer sa fille par le bras. Ce n'est pas un endroit pour une fillette, prête à sauter elle aussi. Les mamans sentent tout. Augusta ne bouge pas. On dirait une statue. Pas de chapeau mou, mais ses cheveux tout mouillés comme autant de petits serpents inertes.

Alicia me fait des grands signes, mais je n'ose pas lâcher le tronc de l'arbre mort. Et je comprends à cet instant que si papa est là, c'est grâce à elle. Alicia a dû lui parler des jumeaux, puisqu'ils se téléphonent souvent. J'imagine la tête de papa en entendant les prénoms de Tom et Nathan. D'ailleurs où sont-ils mes petits corbeaux noirs en cet instant ?

Il est temps pour ton père d'affronter ses peurs.

Et c'est bien ce qu'il tente en se jetant à l'eau pour sauver son fils quand deux petits jumeaux, trente ans plus tôt, se sont noyés sous ses yeux.

Papa nous rejoint dans un crawl défiant les vagues, bien avant le bateau des pompiers qui fait des bonds comme un cabri dans la montagne. Le baiser qu'il dépose sur ma joue est le plus beau des papillons. Je sens sa caresse sur ma tête mouillée et on s'embrasse comme si on ne s'était pas vus depuis cent ans. D'ailleurs il était temps que le bateau arrive, parce que le tronc mort ne nous aurait pas sauvés tous les trois. Un pompier me soulève comme si j'étais une cendre de Vogue et me demande de rester assis contre le boudin à côté de mon copain. La jambe gauche de Gaspard est violette et tout écorchée. Mais Gaspard me dit qu'il s'est déjà fait plus mal avec ses grands frères en tombant du haut d'une échelle, directement sur le dos. Sur terre je passe des bras de maman à ceux de Gisèle, puis d'Alicia à Justine. Même Augusta m'embrasse. Je me laisse dorloter et serrer fort. Justine me dit à l'oreille : « J'ai eu très peur que les jumeaux te veuillent du mal. »

Je la regarde et lui réponds : « Non, c'est tout le contraire. »

PAPA REVIENT AVEC LES GLACES du restaurant de la résidence. Ma préférée, celle avec le chocolat et les amandes qui craquent sous la dent et la vanille dessous qui fond dans la bouche. Maman a refermé son livre sans le marque-page de sa librairie. Papa lui tend un petit pot glacé à la fraise avec une cuillère verte en plastique. Alicia s'étend comme un chat. Elle est au régime, pas de glaces, ça fait grossir son petit ventre tout maigre. N'importe quoi. Ses yeux bleus ont la couleur du ciel et de la mer. Dommage qu'ils soient cachés derrière ses lunettes noires. Maman a prolongé nos vacances d'une semaine à cause du beau temps. Mon œil. Le beau temps, c'est papa. Maman en oublie de lire, même au petit déjeuner que nous prenons sans papa. Tous les soirs, après le dîner, il s'en va dormir à l'hôtel Alexandra dans une chambre toute blanche avec terrasse et vue sur la mer et les palmiers. Ça doit coûter bonbon les vacances à l'hôtel quatre étoiles, mais sans lucioles pour retrouver son chemin. Pilar téléphone souvent à maman quand on remonte de la plage. Entre elle et son papa c'est un peu comme le renard et le Petit Prince dans le livre que maman m'a lu l'été dernier. Ils s'apprivoisent. Elle dit aussi : « Ce n'est pas encore l'heure des confidences, mais au moins la glace est rompue. » C'est idiot comme expression. Car si la glace rompt, il ne reste plus qu'à couler sous l'eau gelée. Le jardin argentin est à l'abandon, Pilar passe des heures à retirer les mauvaises herbes qui n'ont pas demandé à mourir. Elle coupe des branches pour faire respirer les arbres et plante des graines de rosiers qui un jour donneront envie d'en respirer le parfum. Un peu comme la chenille qui devient papillon. Je ne suis pas sûr que mon image du papillon plaise à Pilar. Depuis la tempête, pas un seul ne s'est posé sur moi. Et le soir, le parc est recouvert du voile gris de la lune. Les lucioles ne se montrent plus. J'aurais bien aimé que papa reste avec nous, mais après le baiser sur le front, papa s'en retourne à Carnolès. Les peintures de ma deuxième maman sont cachées sous des draps et la pièce est trop petite pour ajouter un lit de papa. Pilar ne sait toujours pas quand elle reviendra. Maman dit que Pilar a repéré un terrain sur lequel elle aimerait construire une maison. Et quand elle dit ça, je vois le voile gris de la lune sur son visage. Comme si cette maison du bout du monde qui n'existe pas encore n'avait pas assez de chambres pour nous tous. Un peu comme à la résidence. Ce matin, maman s'est disputée avec Pilar. Je n'ai pas entendu les mots derrière la porte fermée. Juste le ton de sa voix. Un ton de maman pas contente. Comme celui avec papa les matins de papiers étalés sur la table de la cuisine. Une voix aussi froide qu'une boule de neige dans la main sans moufle. Je suis trop petit pour que maman, papa ou Pilar me racontent leurs histoires. Mais assez grand pour coller, parfois, mon oreille à la porte de la chambre des mamans quand elles parlent de papa. Je sais que maman cherchait les factures que papa cachait comme des œufs de Pâques. Je sais aussi qu'elle a fermé les comptes que papa ouvrait dans toutes sortes de magasins afin de couvrir maman de cadeaux renvoyés au vendeur dans l'emballage d'origine. Je sais enfin que maman a failli fermer la librairie quand l'addition des chiffres sur la calculette a fait venir à la maison des huissiers qui n'ont laissé qu'un lit en s'en allant.

Je vois bien que maman ne sort pas son porte-monnaie quand papa nous emmène au Piccadilly. Elle demande si ce n'était pas trop cher et ça fait rigoler papa. Maman, non. Elle se méfie toujours. Comme si debout sur un plongeoir, en plein soleil, elle hésitait à sauter dans l'eau fraîche. C'est pour ça que papa dort à l'hôtel. Même si maman est heureuse que papa soit là. Ça se voit aux livres dont elle perd le fil, qui se déroule loin d'elle, une fois le roman refermé. À la baignoire qu'elle a oublié de rincer hier. Au beurre qu'elle a étalé sur la croûte du pain, et non sur la mie. À ses lunettes basses qu'elle a rangées dans le frigidaire. Et à son regard un peu triste quand papa s'en va à l'hôtel Alexandra. Alicia a même proposé sa chambre. Maman a dit : « Et tu dormirais où ? » Ma sœur a répondu : « Mais avec toi, maman », avec ses yeux de biche. Alicia a *déjà* dormi dans le lit de Luigi. C'est elle qui me l'a dit. Le serveur a ouvert ses draps et elle s'est serrée tout contre lui, un après-midi, tout habillée. Alicia dit : « C'est encore trop tôt. » Je suis bien d'accord. Ce n'est pas une heure pour dormir. En tout cas, maman ne veut pas partager son lit avec Alicia et je suis sûr que ça arrange bien ma sœur d'avoir sa chambre à elle avec sa salle de bains et la petite tablette qui déborde de crèmes, de pots, de brosses et de bâtons à lèvres. Papa, lui, n'a besoin que d'une brosse à dents, de dentifrice, d'un rasoir à quatre lames, d'une lotion pour se tapoter les joues quand il s'est rasé, et de son parfum qu'il ne met que le soir avant de nous rejoindre pour le dîner. Un beau flacon à l'odeur un peu poivrée qui fait parfois se retourner les dames sur son passage, même que maman est *vénère*. Le seul qui ne profite pas du soleil, c'est ce pauvre Gaspard qui doit rester dans sa chambre. Ça n'arrange pas sa maman que je croise parfois au local des poubelles, là où les murs sont verts. Tous les matins, je passe voir Gaspard super gâté depuis la tempête, avec plein de cadeaux qu'on déballe ensemble. Même la baronne lui a offert un nouveau ballon en mousse pour nos jeux, le soir, sur la grande terrasse, quand il sera guéri. Sa jambe malade est passée du violet au rose. Et le docteur dit que Gaspard ne pourra ni nager, ni courir, ni prendre le soleil pendant deux petites semaines encore. Pour une fois, Gaspard regrette de ne pouvoir nager, à cause de la compétition de natation qui a lieu dans une semaine à la résidence. J'y serai avec Justine et deux autres enfants américains. Trente-trois mètres à parcourir dans les meilleurs temps, avec un podium, une médaille d'or et un pompier qui tiendra le chronomètre. Peut-être même un de ceux qui étaient là le jour de la tempête où on a tous failli se noyer, Gaspard, papa et moi. Même que papa et maman se sont enlacés ce jour-là après m'avoir étouffé dans leurs bras. Et c'était beau à voir, car il pleuvait très fort et toutes les mamans avaient renoncé à ouvrir les parapluies qui se retournaient plus vite qu'un gant. La mienne était aussi trempée que moi. Sa petite robe de plage lui collait de partout, ses cheveux étaient ramassés sur sa tête en un chignon de crottes de chien, comme on voit sur le chemin des douaniers. Elle a glissé ses bras autour du cou de papa et ils se sont embrassés sur la bouche, tout étonnés de le faire, tandis qu'Alicia me donnait un coup de coude. Un baiser tendre, un baiser de noyé qui a sauvé le petit homme, un baiser d'homme.

Pas de violons comme dans les films que maman aime regarder avec sa boîte de kleenex pas trop loin. Juste le tonnerre qui grondait encore, des vrais roulements de tambour, tandis que papa et maman s'embrassaient sous la pluie battante. Puis nous sommes tous remontés à la résidence dans le camion de pompiers. Depuis, le baiser de mes parents s'est évanoui comme les lucioles. Je vois bien que papa fait attention à maman. Il lui a même offert deux petits papillons en boucles d'oreilles que maman n'a pas quittés. Je ne suis pas sûr que ça plaise à Pilar. À la plage, papa arrange les matelas, tourne le parasol jusqu'à ce que l'ombre protège maman du soleil de midi et nous rapporte des bouteilles d'eau du restaurant, et des glaces, et parfois des Prince pour moi. Je croque le biscuit tout autour, avant de lécher la vanille et le chocolat à l'intérieur. Des fois leurs sourires en disent plus que les mots dans les livres de maman. Et les mains de papa crèment doucement le dos de maman comme s'il était en sucre et risquait de fondre sous le soleil. Alicia lève ses yeux au ciel. Elle se tient assise, ses bras tendus, les paumes de ses mains sur le béton. Ses lunettes noires reflètent le soleil. Elle ne cherche pas une réponse. Elle bronze le dessous du cou, ce collier de peau blanche oublié par les rayons du soleil.

Je me réveille en pleine nuit, les yeux grands ouverts dans le noir de ma chambre. J'allume ma petite lumière et ouvre les portes de ma terrasse. Les lucioles sont comme des petites perles de lumière abandonnées dans les arbres du parc. Je suis heureux qu'elles soient revenues. La lune a la forme d'un croissant qui me donne faim. À la cuisine, j'attrape dans le frigidaire le gruyère que je coupe en cigare. Comme celui de grand-père, sauf que le mien sent bon. Je repasse devant la porte de la chambre de maman où je colle une oreille qui n'entend rien. Alors j'ouvre doucement sa porte et je vois le lit sans personne dedans. Maman a fait une fugue. Je ne m'inquiète pas trop. Comme Alicia, elle a trouvé le bon. Celui qui accroche son chapeau sur la tête d'une girafe et qui lui offre des boucles d'oreilles en forme de papillons. Je ne dirai rien à personne. Elle a dû penser que les oreillers de l'hôtel Alexandra étaient aussi doux que les bras de papa. J'aime bien regarder mes mamans dormir quand je me lève la nuit. Pas sûr que ça les enchante vraiment, alors je ne fais pas de bruit. Ça me plaît bien que sa chambre soit vide, même si Pilar me manque un peu. Je n'ai rien écouté quand maman me l'a passée au téléphone : je me demandais si elle était allongée dans le transat de la morte. Je disais : « Oui, oui », « Moi aussi », comme maman avec grand-père quand il téléphone à la maison. Je suis sûr que maman n'écoute rien, surtout que sa main droite tient toujours un livre. Je retourne au lit. J'éteins ma petite lumière. Je m'allonge sur le dos, les bras croisés derrière ma tête. Les zèbres sont retournés au zoo. La lune est trop faible pour passer sous mes volets. La petite voix aussi s'est éteinte, je ne l'ai plus jamais entendue. Et la seule main qui se pose sur mon épaule est celle de papa quand il veut aller nager. Hier nous nous sommes promenés, papa, maman, Alicia et moi, sur le chemin des douaniers. L'arbre mort s'est changé en tabouret sans cachette à l'intérieur. Je n'ai pas regardé en direction des villas, la mer était si lumineuse. Le soleil avait déposé à sa surface des milliers de diamants flottants qui scintillaient de partout. Des voiliers au loin avançaient au pas de ma tortue Katouta. Le bleu se découpait entre les arbres à confondre ciel et mer. Maman s'est accrochée au bras de papa quand on a traversé la passerelle qui mène à la plage de la Buse. Papa a choisi par hasard la table des jumeaux. Ces petits frères n'existent plus. Dans ma famille on ne parle pas des morts. « On y pense en silence », dit maman. Alors, j'ai pensé tout bas à Félicité qui, en offrant son appartement à papa, l'avait aussi sauvé, l'obligeant à revenir sur les lieux qui l'empêchaient de grandir. Une bonne personne que j'aurais aimé connaître pour mieux la présenter à maman. Quand j'ai demandé à l'oreille de papa qui avait pris la photo au Sacré-Cœur, je n'ai pas été surpris de l'entendre me murmurer « Félicité ».

Et je me suis endormi.

Le matin de la compétition, toute la résidence est réunie à la piscine. Rosita, Lorenzo, les sœurs Couton, Justine et ses parents, la baronne et même Gaspard qui occupe deux chaises, dont une pour sa jambe rose recouverte d'une couverture. Et près de deux cents personnes, des tas d'enfants avec lesquels je ne parle jamais, garçons ou filles russes, polonais ou américains, même si les mots une fois traduits veulent tous dire la même chose. Et je ne suis pas certain qu'on puisse distinguer à la résidence un papa polonais d'un papa russe, surtout en maillot de bain. Plus de seize enfants dont quatre adolescents vont participer à la compétition, par séries de quatre. Bien sûr, Alicia n'a pas voulu. Elle trouve ça nul : « J'ai assez d'examens comme ça à l'école. » Sur la ligne du départ, Justine est séparée de moi par les deux enfants américains. Le pompier qui va donner le signal avec son sifflet porte un maillot de bain rouge et un tee-shirt blanc. Ça doit le changer des maisons en feu ou des chats dans les arbres. Justine et moi, on se penche pour se regarder. Hier, on a échangé les portables de nos mamans et on s'est promis de s'envoyer des tonnes de textos en rentrant de vacances. Nos regards glissent sur un fil invisible qui nous lie l'un à l'autre. Et quand le coup de sifflet retentit, je perds quelques secondes avant de me jeter à l'eau. Je pense fort au champion Alain Bernard qui aurait déjà gagné la compétition et à M. Julien qui m'a appris à nager le crawl au Carré d'eau. Et c'est en relevant la tête pour respirer que j'aperçois mes petits corbeaux noirs en Nike, assis sur deux chaises au bord de la piscine. Ils me sourient tous deux et me font un signe de la main pour m'encourager. Justine est à ma hauteur. Les deux Américains, à la traîne. Ils auront droit à des lots de consolation, un verre de grenadine ou une glace. Je ralentis exprès pour laisser gagner Justine. Tant pis pour la médaille d'or que j'aurais certainement gagnée si elle avait été en chocolat. Ma petite fée sort de l'eau sous les applaudissements. Son papa pose une serviette sur ses épaules, sa maman bat des mains. Au sec, je me retourne vers les deux chaises qui ont disparu. Papa et maman me couvrent de baisers : ça vaut tous les podiums. Justine s'approche de moi et, sur la pointe des pieds, murmure à mon oreille : « Sale tricheur! » avant de m'embrasser sur la joue.

Sur la plus haute marche du podium, Justine baisse sa tête tandis que le pompier passe autour de sa nuque le ruban avec la médaille en or qui doit faire froid au bidon. Je me glisse facilement à travers la foule tournée vers le podium. Personne ne fait attention à moi. Je m'allonge sur le banc en fer blanc en pensant à Tom et Nathan. Ils sont venus le jour de la compétition. Peut-être qu'ils viendront me voir à Bourg-en-Bresse. Je sens un papillon, puis deux, se poser sur moi. Un blanc et un jaune avec le bord des ailes moucheté de taches noires. Je regarde leurs antennes s'agiter quand trois autres papillons atterrissent doucement sur mes bras, bientôt suivis d'un ballet si étrange que je ne bouge plus. Gaspard m'a déjà enterré sous le sable et c'est bien ce que font tous ces papillons qui se posent sur moi en douceur, faisant battre leurs ailes de toutes les couleurs. Je n'ai pas peur. Je ressens des chatouilles sur mes bras et mes jambes nus. Un tapis d'ailes immobiles me recouvre jusqu'au cou comme un habit de fête. Celui qui se pose sur mon nez me fait loucher. Ses trois paires de pattes remontent jusqu'à mes sourcils. Sur ses ailes rouges, quatre yeux bruns aux cernes blancs regardent vers le ciel. Je dois porter sur moi autant de papillons qu'il y a de personnes là-haut, près de la piscine. J'ai une pensée pour Pilar me découvrant sur ce banc et hurlant à en perdre sa voix. Ça me fait rigoler. Un papillon gris et orange, aux ailes bordées de points blancs se pose sur ma lèvre. Un autre tout noir, sur mon œil. J'aime moins. Je secoue la tête. Tous mes papillons s'envolent vers le ciel comme un immense cerf-volant. Au moment où je me lève du banc, j'aperçois Justine venir à moi. Je trébuche contre un objet que je reconnais aussitôt. La besace de Nathan. Je l'ouvre, elle contient plein de clés et le tarot divinatoire. Je suis certain que Justine et Gaspard vont m'aider à chercher toutes les serrures de ces portes mystérieuses. Si ça se trouve, ces clés ouvrent aussi des tas de passages secrets que nous allons devoir découvrir ensemble. Et puis on demandera aux cartes si papa va revenir à Bourg-en-Bresse. Ça promet de belles vacances l'été prochain.

La baronne tapote le banc en fer blanc. Je lui souris et m'assois à côté d'elle.

« Alors mon petit Victor, tu t'en vas demain, n'est-ce pas ?

– Oui. Mais les vacances ne sont pas finies. On va passer quelques jours dans la maison de campagne de mes grands-parents. Et vous, Hedwige ?

– Je reste jusqu'à fin septembre à la résidence, puis je m'envole pour Zanzibar. J'y resterai quelques mois. Comme ça, je ne connaîtrai pas l'hiver.

– Il fait toujours beau à Zanzibar ?

– Toujours. Et où se trouve la maison de campagne de tes grands-parents ?

– À Voussac, dans l'Allier. Je vais faire du vélo et commencer mon roman.

– Un roman ? Et de quoi parle-t-il, si ce n'est pas indiscret ?

– De tout ce qui s'est passé cet été. De vous aussi.

– De moi ? »

La baronne a un petit rire aigu.

« Je pourrai le lire ?

– Oui, mais après maman. Je veux l'écrire pour que maman se rende compte que Félicité n'était pas une mauvaise personne et que papa revienne vivre avec nous. Maintenant que Pilar est repartie en Argentine, ce sera plus facile.

– Ce n'est pas trop dur sans ta deuxième maman ?

– Non, je pense à elle, souvent. Là-bas, en Argentine, elle apprend à apprivoiser son papa, comme le Petit Prince avec le renard.

– Tu vas me manquer, Victor.

– Vous aussi, Hedwige. Sans vous, je n'aurais pas connu la magie des lucioles. »

La baronne se tait un instant et moi aussi. On regarde la mer entre les arbres.

« J'ai eu si peur, ce jour d'orage où vous étiez tous à l'eau, ton père, Gaspard et toi.

– Je n'ai pas eu peur. Les jumeaux nous protégeaient.

– Les jumeaux, quels jumeaux ?

– Deux petits corbeaux noirs qui voulaient s'envoler haut dans le ciel.

– Victor, je ne comprends rien.

– Ça n'a pas d'importance, Hedwige. Vous comprendrez en lisant mon roman, plus tard.

– Soit, j'attendrai. Je t'enverrai une carte postale de Zanzibar, si tu veux, avec une photo des singes de la forêt de Jozani. Je vais les voir à chaque séjour.

– Oui, je veux bien.

– Et la magie des lucioles ? Dis-moi.

– Quand j'étais dans l'eau et que la tempête nous entraînait au large, je vous regardais tous et j'ai compris que mes lucioles à moi étaient toutes là, et attendaient que je revienne. Sans l'orage, papa et maman ne se seraient pas embrassés. Et s'ils l'ont fait, c'est un peu grâce à moi. Pas besoin de baguette magique pour faire naître la magie, même si j'adorerais en avoir une.

– À qui le dis-tu ! soupire la baronne.

– Vous feriez quoi avec ?

– Voyons, Victor, c'est impossible.

– Fermez les yeux.

– Quoi ?

– S'il vous plaît Hedwige. Je vous promets de ne pas vous faire de blague.

– Bien ! »

Je ramasse un morceau de bois. Je le glisse dans sa main toute ridée que je referme doucement.

« Voilà. Surtout, gardez les yeux fermés. Vous tenez à la main une baguette magique qui peut exaucer un seul vœu. Lequel ?

– Je ne sais pas si…

– Un vœu, Hedwige.

– J'aimerais revoir mes enfants. »

Je prends la main de la baronne. J'ai bien vu la petite larme couler sur son visage tout plissé. Elle tombe au coin des lèvres. Je l'essuie doucement avec un kleenex sorti de mon short. Je ne bouge pas, la baronne non plus. Elle serre un peu plus ma main et son visage s'ouvre comme une rose. Un sourire se dessine maintenant sur sa bouche. Les rides sont les cicatrices du temps qui passe. « Des boîtes à souffrance », dit aussi maman. Mais sur la peau de la baronne, la lumière du soleil joue avec, et les lignes s'animent comme autant de virgules pour mieux reprendre sa respiration. Je laisse Peter Pan et Wendy avancer sur le cadran de ma montre. Si je ne sentais pas la pression de sa main, je pourrais croire que la baronne s'est endormie. Mais elle tient ma main, comme si elle remontait le temps et qu'elle s'y accrochait pour rester avec moi sur ce banc. Doucement, la baronne ouvre les yeux. Elle me regarde et sourit.

« Merci…

– De rien, je dis.

– Je crois que je vais garder ce morceau de bois avec moi.

– C'est une bonne idée, Hedwige.

– Tu me promets de revenir ici, l'été prochain ?

– Oui, juré, craché. »

Je crache droit devant moi. Et je regarde la baronne.

« Ah non ! »

Je lui fais mon plus beau sourire, celui que j'aurai un jour, quand papa reviendra.

« Bon… »

Et la baronne se racle la gorge, prend une longue inspiration et crache si loin que la terre et les feuilles s'en emparent. C'est à ce moment précis que Rosita fait son apparition et, à voir sa tête, elle n'a rien manqué. Elle doit penser que les grands de ce monde ne sont plus. La baronne et moi en rions aux larmes. Un fou rire qui fait s'enfuir la gardienne à grands pas, tandis que la baronne et moi retrouvons un peu de calme en regardant longuement la mer entre les arbres. Et pas un seul instant Hedwige ne m'a lâché la main depuis son vœu.

J'EMBALLE MES CAHIERS dans un papier cadeau que j'ai emprunté dans la librairie de maman. Ce soir, c'est son anniversaire, je vais lui offrir mon livre. Personne ne connaît l'âge de maman, à part sa carte d'identité bien cachée dans son portefeuille. Papa dit qu'on ne demande jamais son âge à une femme, c'est mal élevé. Des fois, les grandes personnes se créent des soucis pour rien. Un an de plus, ce n'est quand même pas un gros mot. Plus on est vieux, plus on a de bougies sur son gâteau d'anniversaire. Rien que pour ça, j'ai hâte d'avoir l'âge de mon grand-père. Mais quand on est vieux, le problème, c'est qu'on n'a plus assez de souffle pour éteindre les bougies. À part la baronne, quand elle crache. Et puis on marche à tout petits pas comme si on se suivait sur le sentier de la Villa Torre Clementina. Ma grand-mère Charlotte, assise, a beaucoup de mal à se relever. Souvent papa et maman doivent l'aider en la tirant chacun par un bras. Et je crois que mémé le fait exprès pour voir papa et maman se lever d'un bond et venir à elle, ensemble. Depuis que papa habite avec nous, Alicia ne fait plus de fugues. Elle *textote* des mots d'amour à Luigi et lui a promis l'été prochain de se donner à lui. J'espère bien que Luigi nous la rendra. Et maman est contente que papa l'aide un peu à la librairie. Surtout quand il porte tous les cartons du camion et qu'ils déballent ensemble les livres que seule maman a le droit de ranger. Pilar a acheté son terrain et ne reviendra pas en France. Maman lui a renvoyé tous ses tableaux par la poste et sa bouche a dessiné le O d'un ouragan quand le postier lui a annoncé le prix. D'après Alicia, maman aurait pu s'acheter un vrai Vuitton. Quand la maison sera construite, Pilar nous invite à passer un été dans la pampa. Pour mon dernier Noël, ma deuxième maman m'a acheté un poney qui s'appelle Dulce et sur lequel j'aurai le droit de grimper. J'espère qu'on ira bientôt en Argentine, car j'ai hâte de voir mon cadeau pour de vrai. La baronne m'a écrit deux cartes postales, dont une de Zanzibar à laquelle elle a ajouté une photo des singes rouges de la forêt de Jozani. En fait, ils sont bruns et moches. Je préfère Dulce avec ses petites oreilles et sa longue crinière qui lui cache les yeux quand il y a du vent. Sa peau est marron glacé et je suis sûr qu'elle est aussi douce que les caresses de maman. Gaspard aimerait avoir dix ans de plus pour être comme ses frères et je l'ai rassuré par texto. Ça viendra. Quand il a su que j'avais la besace de Nathan, il a dit : « Bonjour les emmerdes », et on s'est juré l'été prochain de visiter toutes les villas, tous les trois, avec Justine. Ma petite fée m'envoie un texto tous les jours. Maman m'a promis de m'offrir bientôt un portable. Elle cherche le sien en permanence, alors qu'il est souvent dans ma poche. On se raconte des tas de trucs avec Justine et, des fois, maman râle à cause de la facture. Katouta est contente de nous voir tous les quatre dans le salon à regarder des films ou des séries américaines. Elle a même goûté au pop-corn. Depuis, elle prend son temps, mais elle vient réclamer sa friandise quand on s'affale dans le canapé. Après la compétition à la résidence, je n'ai plus revu Tom et Nathan, mais je pense souvent à eux. Je sais qu'ils reviendront, quand j'en aurai besoin. Sinon pourquoi Nathan m'aurait-il laissé sa besace ? Bien sûr, grâce à eux, papa est revenu à Bourg-en-Bresse et il a rendu les clés de son appartement parisien. Mais sans eux et cet été si particulier, je n'aurais jamais écrit ce livre. Je ne sais presque rien d'eux, ni comment ils font pour apparaître, mais je crois que les lucioles et les papillons les accompagnent quand ils viennent me voir. L'été où je monterai sur le poney Dulce est loin devant moi. J'aurai sûrement l'âge où je ne pourrai plus voir les jumeaux. Dans quelques mois nous retournons à la résidence et je compte bien profiter de mes vacances et, peut-être, de mes petits corbeaux noirs qui me manquent un peu. La vie sans magie, c'est juste la vie. L'école, les textos de Justine et de Gaspard, papa et maman ensemble, Alicia sans ses fugues. Une vie de petit homme heureux qui n'est pas pressé d'être grand.

Note de l'auteur

Je remercie Christian Giraud, l'office du tourisme de Roquebrune, et plus particulièrement Elisabetta qui me fit découvrir la promenade Le Corbusier, de sa statue à la plage de la Buse, ainsi que le Piccadilly et le Cabanon, en me racontant la belle histoire des villas et de Roquebrune. Un clin d'œil aux vrais jumeaux, Tom et Nathan, à qui j'ai emprunté, entre autres, leurs prénoms. Ainsi qu'à Théo et à Damien que je ne pouvais pas oublier non plus. À la résidence du Grand Hôtel Cap-Martin, je remercie Sabine et Éric pour leurs anecdotes et les photos. Plusieurs livres m'ont été très utiles et j'en remercie ici les auteurs : Jean-Claude Volpi, *Le Cap Martin entre Monte-Carlo et Menton* ; Louisa Jones, *Splendeur des jardins de la Côte d'Azur* (Flammarion) ; Michel Steve, *Hommage à Hans-Georg Tersling*. Car si, dans ce roman, tous les lieux existent, que chacun me pardonne les libertés du romancier qui n'a pas cherché à photographier les endroits, mais à y faire vivre ses personnages. Je précise que je ne suis entré dans aucune des villas décrites, à ce jour toutes privées. En dehors des livres, plusieurs films tournés en partie à l'intérieur de ces villas m'ont été d'une aide précieuse : *Mortelle Randonnée* de Claude Miller (Villa Cypris), *Les Félins* de René Clément (Villa Torre

Clementina) et *Condorman* de Charles Jarrott (Villa Cyrnos). Merci à Lydie pour son amour des livres, elle se reconnaîtra en partie. Merci à Juan-Manuel Cancel à qui j'ai emprunté deux de ses superbes tableaux sous le pinceau de Pilar. À mes nouveaux éditeurs, Héloïse d'Ormesson et Gilles Cohen-Solal, qui me prennent sous leurs ailes. Et surtout à Laurent C., à qui tous mes livres sont dédiés depuis *Autobiographie d'une Courgette*. Sans lui, il n'y aurait pas autant de papillons ni de lucioles dans mon jardin secret.

Achevé d'imprimer
sur Roto-Page
par l'Imprimerie Floch
à Mayenne, en novembre 2013.
Dépôt légal : janvier 2014.
Numéro d'imprimeur : 85831.

Édition exclusivement réservée aux adhérents du Club
Le Grand Livre du Mois

Imprimé en France